世界经典童话小说书系

U0670182

彼得里特

著者／佚名　编译／孙在梅 等

吉林出版集团股份有限公司 | 全国百佳图书出版单位

图书在版编目（CIP）数据

彼得里特／（阿尔巴尼亚）佚名著；孙在梅等编译.--

长春:吉林出版集团股份有限公司,2016.12

（世界经典童话小说书系）

ISBN 978-7-5581-2093-0

Ⅰ.①彼… Ⅱ.①佚… ②孙… Ⅲ.①儿童故事–作

品集–世界 Ⅳ.①I18

中国版本图书馆CIP数据核字（2017）第065136号

彼得里特

BIDE LITE

著　　者	佚　名	
编　　译	孙在梅 等	
责任编辑	沈　航	
封面设计	张　娜	
开　　本	16	
字　　数	50千字	
印　　张	8	
定　　价	18.00元	
版　　次	2017年8月　第1版	
印　　次	2020年10月　第4次印刷	
印　　刷	三河市嵩川印刷有限公司	
出　　版	吉林出版集团股份有限公司	
发　　行	吉林出版集团股份有限公司	
地　　址	长春市绿园区泰来街1825号	
电　　话	总编办：0431-88029858	
	发行部：0431-88029836	
邮　　编	130011	
书　　号	ISBN 978-7-5581-2093-0	

前言

　　儿童自然单纯，本性无邪，爱默生说："儿童是永恒的弥赛亚，他降临到堕落的人间，就是为了引导人们返回天堂。"人们总是期待着保留这份童真，这份无邪本性。

　　每一个儿童都充满着求知的欲望，对于各种新奇的事物，都有着一种强烈的好奇心，这样在成长的过程中就不可避免地被好的或坏的事物所影响。教育的问题总是让每个父母伤透了脑筋，生怕孩子们早早地磨灭了童真，泯灭了感知美好事物的天性。童话很好地解决了这个问题，让儿童始终心存美好。

　　徜徉在童话的森林，沿着崎岖的小径一路向前，便会发现王子、公主、小裁缝、呆小子、灰姑娘就在我们身边，怪物、隐身帽、魔法鞋、沙精随时会让我们大吃一惊。展开想象的翅膀，心游万仞，永无岛上定然满是欢乐与自由，小家伙们随心所欲地演绎着自己的传奇。或有稚童捧着双颊，遥望星空，神游天外，幻想着未知的世界，编织着美丽的梦想。那双渴望的眸子，眨呀眨的，明亮异常，即使群星都暗淡了，它也仍会闪烁不停。

童心总是相通的，一篇童话，便会开启一扇心灵之窗，透过这扇窗，让稚童得以窥探森林深处的秘密。每一篇童话都会有意无意地激发稚童的想象力和感知力，让他们在那里深刻地体验潜藏其中的幸福感、喜悦感和安全感，并且让这种体验长久地驻留在孩子的内心，滋养孩子的心灵。愿这套《世界经典童话小说书系》对儿童健康成长能起到一点儿助益，这样也算是不违出版此书的初心了。

编者

2017 年 3 月 21 日

目录
MULU

彼得里特

很久以前，森林中住着一个猎户。猎人每天出去打猎，妻子在家照顾儿子彼得里特，生活过得虽不富裕，却充满了欢乐。一次，猎人去森林里打猎，发现一个巨大的山洞，便好奇地走了进去。不远处有两点亮光，他还以为是两颗珠宝。

"这回我可要发财了，可以让妻儿过上好日子了。"猎人心花怒放。

猎人走到跟前一看，才发现亮光是两只野兽的眼睛，还没来得及举枪，就被野兽吃掉了。

噩耗传来，他的妻儿悲痛万分。从此，母子俩便相依为命。为了抚养儿子，母亲每天从早忙到晚。日子一天天过去，彼得里特渐渐长大，可以帮助母亲分担家务了。

"母亲，让我来，您快去歇歇吧！现在我长大了，今后就由我来照顾您。把父亲的猎枪给我，我要做一个像父亲一样的猎人。"彼得里特说道。

儿子的话让母亲十分欣慰，可她担心儿子遇到危险，害怕失去唯一的亲人。但彼得里特态度坚决，母亲只好从箱子里取出猎枪，交给他。

"父亲，保佑我吧！我要成为一个优秀的猎人，不再让母亲受苦。"彼得里特默默祈祷着。

为了让母亲过上好日子，彼得里特刻苦训练枪法，最后百发百中。他带回来的猎物越来越多，家里的日子也过得越来越好。

一天，彼得里特来到森林深处。他之前从未到过这里，只见一片空地上长着一棵大树，树下乱石中有一朵美丽的花儿，花瓣儿上的两滴露珠，宛如眼泪一样发出亮光。

彼得里特欣赏着，不忍离开，因为从未见过如此美丽的花朵。

可是花儿渐渐枯萎，垂下头，像个认错的孩子。花瓣儿上的露珠落到石头上，溅起水花。

彼得里特急忙跑到河边，取水浇灌。

"你是个好人，请把我摘下来吧，我会感激你的。"花儿用温柔的声音说道。

彼得里特十分惊讶，愣了一会儿。他刚把花儿摘下来，就见一道金光闪过，一个少女站在自己面前。

"你是谁?"彼得里特惊讶不已。

"我是大地的女儿，十年前，恶魔对我施了法术，把我变成花儿藏在这里。多亏遇见你，谢谢你救了我。"少女回答说。

"你现在打算去哪儿?"彼得里特问道。

"我无处可去，你把我带回家吧！我不怕辛苦，什么活儿都能干。"大地之女请求道。

"母亲为我操劳一辈子，如今年事已高，也该享享福了，就带她回去给母亲做个帮手吧！"彼得里特想。

他们刚要离开，彼得里特发现树下闪闪发光，走过去一看，原来是落上两滴露珠的石头发出灿烂的光。他从没见过这么漂亮的石头，便要捡起来。

"别碰那两块石头，它们会给你带来灾难的！"大地之女连忙阻拦。

"这么漂亮的石头，怎么会带来灾难呢？"彼得里特根本不信，偷偷将石头放进口袋，带着大地之女回家了。

"这是谁家的姑娘，怎么领回家来了？"母亲问道。

彼得里特如实对母亲讲述了事情经过。

从此，彼得里特外出打猎时，大地之女就在家里干家务。三个人的生活越来越好，过着温馨的日子。

那两块石头呢？原来，一回到家，彼得里特就把石头藏在墙缝里了。夜晚，石头发出耀眼的光。没想到，就是这两块闪闪发光的石头，竟给他带来了杀身之祸。

原来，国王突然离世，王子继承王位，成了新国王。父亲的离世让他悲痛万分，命令全国百姓为逝去的老国王致哀，连续三个夜晚，家家户户都不许点灯，违者以砍头论处。大臣派人到各地巡查督办。

"昨天夜里怎么样，有人违背国王的命令吗？"第二天早晨，大臣问道。

"只有彼得里特家的院子里灯火辉煌。"士兵回答说。

大臣很生气，派人把彼得里特抓了起来。

"你竟违抗国王的命令，想找死吗？"大臣大声指责道。

"怎么可能，我家昨天夜里没有点灯。再说我家里只有几根蜡烛和一盏油灯，怎么可能灯火辉煌呢？您若不信，可以去调查。"彼得里特理直气壮地说道。

"胡说，昨晚我的士兵分明看见你家院子里灯火通明，难道还冤枉了你不成？"大臣更生气了，要带他去见国王。

彼得里特知道，见了国王，肯定凶多吉少。

　　"请您先放我回家，我想和母亲告个别，见她最后一面。"彼得里特哀求道。

　　"好吧！"大臣放了他。

　　彼得里特愁容满面地回家了。

　　"你怎么脸色不好，发生了什么事儿？跟我说说，也许我能帮助你。"大地之女问道。

　　"大臣说我违抗了国王的命令，夜里点灯，因此要砍掉

我的头。这是天大的冤枉，我向他解释，可他根本不信。大概是谁要陷害我，在院子里点上了灯火。"彼得里特长叹一声。

"你是不是把那两块石头带回来了？"大地之女问道。

"没有。"彼得里特矢口否认。

"如果你不说实话，那就是自寻死路！"大地之女急了。

彼得里特羞愧地低下头，把她带到石头跟前。

"我已对你说过，不要碰那两块石头，它们会给你带来灾难的。可你就是不信，还把它们当成宝贝。昨天夜晚，院子里的光亮就是它们发出来的，现在你知道了吧！"大地之女无奈地摇了摇头。

"事已至此，那就按我说的去做，也许能帮你渡过难关。你把这两块石头献给国王，但千万别说是从哪儿找到的，否则祸事会再次找上门来！"大地之女叮嘱道。

听了她的话，彼得里特立刻变得高兴起来。

"我知道了，一定按你说的办。"说着，彼得里特从墙缝儿里取出石头，赶往王宫。

彼得里特在王宫里遇见了大臣。

"我说我没说谎，你还不相信。我既没有点蜡烛，也没有点油灯，是这两块石头发出的光。"两块石头在他手中闪烁着光芒，把王宫照得通亮。

"把石头给我吧，我会在国王面前替你美言的。"大臣两眼放着贪婪的光。

彼得里特坚持要亲手把石头献给国王，没想到却因此得罪了大臣。

他来到国王面前，把石头献给了国王，还讲述了石头的来历。国王从没见过这么漂亮的石头，十分高兴，不仅没杀他，还重赏了他。

从那以后，大臣就对彼得里特怀恨在心，想方设法要置他于死地。

一天，大臣终于想出了一个计策。

"国王，彼得里特献给您的并不是普通石头，而是宝石。但仅此两块怎么能显示出您的高贵呢？我看他是存心敷衍您。您应该让他设法弄到足以建造一座宫殿的宝石来。如果他拒绝，就砍掉他的脑袋！"大臣怂恿道。

国王听信了大臣的谗言，召彼得里特进宫，让他设法弄到可以建造一座宫殿的宝石来。

"我上哪儿去找这么多宝石啊？"彼得里特无奈地说道。

"去哪儿找是你的事，既然你能找到两块，就一定能找到更多。去吧，明天我等你的好消息。如能顺利完成任务，我将重重奖赏你，否则你的脑袋就难保了。"国王威严地说道。

彼得里特惊慌失措，耷拉着脑袋回家了。

"脸色这么难看，又发生什么事儿了？"大地之女问道。

"国王让我去找更多宝石，要用它们建造一座宫殿。如果找不到，就要砍掉我的脑袋。可是，我到哪儿去找这么多宝石啊！"彼得里特叹息不止。

"我早就告诫过你，千万别说是在哪儿弄到的宝石。可你就是不听，结果又惹祸上身。不过，也没什么大不了的，明天你去见国王，让他准备好骡子来运宝石吧！但你一定要提防那个大臣，这些都是他出的主意。"大地之女提醒道。

第二天，彼得里特按照大地之女的嘱咐去面见国王。从王宫回来后，彼得里特见大地之女拿出一个大碗，放到他面前。

"朝我的眉心打！"大地之女对彼得里特说道。

面对一个柔弱的女子，彼得里特不忍下手。

"没事儿，听我的，打吧，不打是弄不到宝石的！"大地之女继续说道。

彼得里特犹豫了一下，最终还是朝她的眉心打过去。大地之女晶莹的泪珠立刻流下来，她接了满满一大碗。

"你马上进山，把我的眼泪洒到石头上。"大地之女说。

彼得里特来到山上，将眼泪洒到乱石上。眼泪掉落之处，石头立刻变成宝石，闪闪发光，照亮了整个森林。

彼得里特顺利完成了国王交待的任务。国王非常高兴，重重奖赏了彼得里特。

宫殿很快建成了，全部是用宝石砌筑的，雄伟辉煌。

一次，彼得里特上山打猎，发现了一个山洞。他突然想起父亲就是在这个山洞遇害的。为了给父亲报仇，他进了山洞。

他不停地向前走，竟然走出了山洞。山洞外有一条小路，路旁长着参天大树。突然，一只野兽从林间穿过，彼得里特抬手一枪，将野兽打死。

他剥下兽皮，觉得这张兽皮太漂亮了，非常适合铺在宝石宫殿里，就想把兽皮献给国王。

"别把它送进王宫，会惹出祸端来的。"大地之女劝阻道。

"给国王献宝，怎么会惹祸呢？"彼得里特百思不得其解。

他坚持要把兽皮献给国王，并在王宫碰巧又遇见了大臣。

"你要把这张漂亮的兽皮送给谁？"大臣问道。

"当然是献给国王。"彼得里特回答说。

"把它送给我吧!"大臣笑着请求道。

"不行,它应该铺在宝石宫殿里。"彼得里特态度坚决。

"那好,去见国王吧!但你要记住,如果以后国王为难你,让你做一些根本无法做到的事情,那就只能怨你自己,别怪我没提醒你。"大臣强压怒火,扬长而去。

国王很喜欢这张兽皮,觉得铺在宫殿里,更能显示出他

的尊贵。彼得里特拿着国王的赏赐，高兴地回家了。

"第一次算你走运，但你不会一直走运的，咱们走着瞧!"大臣恨死了彼得里特。

一天，大臣又想出了一个坏主意。

"可恨的家伙，既然你喜欢向国王献礼，那就让你献个够!"大臣咬牙切齿。

他来到王宫，面见国王。

"您的宫殿确实漂亮，显示出了您的尊贵。要是宫殿里全铺上兽皮，那一定会举世闻名。"大臣奉承道。

国王有点儿发愁，上哪儿去弄那么多兽皮啊!

"您把彼得里特叫来，命令他去打猎，说要用兽皮铺满整个宫殿。如果他拒绝，就砍掉他的脑袋。"大臣给国王出主意。

国王召彼得里特进宫，吩咐他去打猎，用兽皮把整个宫殿铺满。彼得里特面露难色。

"你既然能打死一只野兽，就能打死更多，难道还要我去帮你吗?"国王勃然大怒。

"我会尽力的。"彼得里特无可奈何。

"快去吧,明天听你的消息。你如果完成了任务,我会重重奖赏你,否则别怪我无情,你的脑袋就难保了!"国王厉声说道。

"国王怎么总给我完不成的任务,难道是要置我于死地?"彼得里特百思不得其解,闷闷不乐地回家了。

"发生了什么事儿,快跟我说说,怎么看你没精神?"大地之女急忙问道。

"国王命令我明天去打猎,要用兽皮铺满整个宫殿。要是做不到,就砍掉我的脑袋。"彼得里特唉声叹气。

"我曾告诉过你,别把兽皮献给国王,可你就是不听,惹出祸事了吧!"大地之女很生气。

"算了,事已至此,总要想办法解决。明天你去面见国王,叫他准备一车酒。你用骡子驮上酒,去山脚下的河边,把酒倒进河里。野兽们来饮水,就会酩酊大醉,那时你就可以徒手生擒它们。"大地之女对彼得里特说。

第二天，按照大地之女的点拨，彼得里特果然捉到了很多野兽。他把兽皮献给国王，国王十分高兴，重重地奖赏了他。

看见彼得里特又顺利地完成了任务，大臣更加恼怒了。

"这家伙可真是福大命大，两次都侥幸逃脱了，这次看你怎么应付。"大臣又想出了一个坏主意。

想好计划，大臣来到王宫。

"国王，您的宝石宫殿和华丽地毯，已经传遍了世界。不过美中不足的是，这件事儿您去世的父亲还不知道。得给他捎个信儿，让他也高兴高兴！"大臣说道。

"谁能把信带到另一个世界去呢？"国王眉头紧锁。

"让彼得里特去。他神通广大，为国王办成了两件大事儿，这次也一定能顺利完成任务。如果他拒绝，就砍掉他的脑袋！"大臣蛊惑道。

国王再次听信了大臣的谗言，召彼得里特进宫。

"你两次顺利完成了任务，我很高兴。这次，我想让你把这封信送到另一个世界，交给我故去的父亲，让他为我感到高兴。要是你拒绝执行，我就下令砍掉你的头。"国王对彼得里特说道。

"把信送到另一个世界去？"彼得里特害怕极了。

"把信送去就算完成任务。至于怎么送，是否能回来，那就是你的事儿了。快去吧，明天告诉我结果。执行命令有赏，否则就砍掉你的脑袋！"国王威严地说道。

彼得里特回到家，把自己的苦恼告诉了大地之女。

"别难过，这事儿还有救。你让国王写好信，再请求他给你一匹马。你骑马上路，天黑再沿着小路偷偷回来，不过要当心，千万别让人看见！"大地之女再三叮嘱道。

彼得里特按大地之女的办法，带上国王的信骑马出发，夜里又返回来。

大地之女把他关在一间房子里，把马拴在棚子里，三天三夜不给他和马吃喝。就这样，彼得里特和马都变得十分消瘦。

第四天夜里，大地之女读了国王写给父亲的信，又以老国王的口吻写了封回信，将彼得里特扶上马。

彼得里特浑身没有一点儿力气，勉强趴在马鞍上。马迈着艰难的步子向王宫走去。

看见面黄肌瘦的彼得里特趴在那匹瘦马上，国王便相信了他确实是从另一个世界回来的。

国王拆开信，一会儿微笑，一会儿又叹息不止。

"尊敬的国王，您这是怎么啦?"大臣疑惑地问道。

"父亲为我的荣耀和财富而感到高兴，我就微笑起来。可父亲在那个世界，没有你给他出主意，感到很孤独，要我把你送到他那儿去住几天，但我也离不开你啊，所以就叹了口气!"国王解释道。

"尊敬的国王，我连路都找不到，怎么去呢?"大臣惊恐万分。

"父亲也考虑到了这一点，告诉我砍掉你的脑袋，这样

你就可以去了。"国王表情平静地说。

大臣感觉死亡将至，哆哆嗦嗦地跪倒在国王面前。

"看在我追随您父亲几十年的份儿上，您就饶了我吧！这封信一定是彼得里特编造的，是他在骗您啊！"大臣哭着哀求道。

国王不为所动，坚信那封信就是父亲写的。

"那您能把彼得里特也杀了吗？如果我迷了路，就无法为老国王效劳了。既然他去过，就让他给我带路好啦！"大臣见死亡不可避免，便想拉上彼得里特。

"父亲只让你一个人去，不让带别人。"国王拒绝了大臣的要求，然后下令砍掉了他的脑袋。

国王重赏了彼得里特，派人送他回家。

"你以后不用再担心大臣找麻烦了，因为他已经去为国王的父亲效力了。"大地之女说道。

此时，彼得里特的心情也轻松了许多。

"每次遇到麻烦，都是她帮我解决，难道她就是我的幸运之星？不管怎样，我都要好好地待她，因为我是男子汉，保护她是我的责任。"彼得里特暗下决心。

从此，他们过上了平静而幸福的生活。

大力士和小矮人

从前，有个力气很大的小伙子，名叫索科里，每天都会刻苦练习举重物。

他买了一个小牛犊，每天举一次，每次举三下。小牛犊一天天长大，变成了大公牛，索科里仍然坚持每天举它。现在，他可以轻而易举地把石头抛到云端。索科里觉得自己是世界上最厉害的大力士，没有人可以超越他。

他变得越来越自负，对别人的劝说嗤之以鼻。因为他的力气大，所以经常有人找他帮忙，并付给他一些报酬。

索科里每天都过得很悠闲，也不再练习了。有一天，一块儿从山上滚落下来的大石头堵住了路口，村民找他来帮忙，并答应给他十只鸡当作报酬。

于是索科里去了，可搬了好几次也没有搬动。村民说索科里连大石头都搬不动，根本不是大力士。几天以后，索科里发现大石头不见了。

"大石头怎么不翼而飞了呢？居然有人比我力气还大，难道是野兽？"他感到十分奇怪。

一次，索科里在市场上听到一个外乡人讲各地的奇闻异事。外乡人说曾经遇到过一个大力士，名叫施培第姆，此人力气很大，能够把整个村庄顶在肩膀上。

大家听后，都大吃一惊，认为施培第姆是世界第一大力士。听完大力士的故事，索科里心里很不舒服，不相信世界上会有比自己力气还大的人，于是决定去找施培第姆，打算和他较量一番。他收拾好衣物，连夜踏上旅途。索科里没日没夜地走了好几天，但路上没有遇到一个人。他来到一片树林，感觉又累又渴，就坐在石头上休息。这时，一个妇人正好路过，得知他口渴，就告诉他前面不远处有一条河。

于是，索科里继续向前走，果然看见一条河。喝完水以后，他发现在河的对岸有一个农民正在用一张沉重的犁耕地。

这张犁对于一个普通人来讲，是怎么也拿不动的。这时，耕地的农民捡起石块扔到地上，石块顿时变成碎末，大地被震得剧烈摇晃。索科里过了河，来到农民面前，坐在一旁仔细看着他。

索科里就这样看着这个耕地的农民，像欣赏艺术品一样欣赏他的力气。

他看得出了神，差点儿忘记自己出行的目的。后来，农民停了下来，看着索科里。索科里一愣，走到他面前，向他行礼问好。

"你力气真大，朋友！"他特别羡慕农民。

"谢谢你的夸奖！"农民很开心。

"我想问你一件事，你知道世界上有一个叫施培第姆的大力士吗？据说他能够把村庄顶在肩膀上！可是我找了好久也没有找到，这不会只是个传说吧？"索科里问道。

"这不是传说，真的有这个人，你看见远处长着两棵大柞树的那个山冈了吗？大力士就住在那儿。"农民回答道。

"就在那里，过了村庄，再穿过一片树林，他就住在那座山的山脚。"他继续说。

"他的力气一点儿也不比我小，不如邀请他和我一起去找施培第姆吧！"索科里心里想着。

"朋友，你叫什么名字？"他问。

"特里姆。"农民回答道。

"你为什么要去找施培第姆呢？"特里姆看了看他，好奇地问。

索科里把事情的经过跟特里姆讲了一遍。

"我力气大的原因是每天都干农活，每天都练习，日积月累，力气也就大了。你之所以能把石头抛得很高，一直抛到云端，也是因为每天刻苦练习举重物。而且你要知道，帮助别人等于帮助自己。只有你帮助别人，别人才会来帮助你。你要学会无私奉献、乐于助人，不应该好勇斗狠、忌贤妒能。"特里姆语重心长。

索科里幡然醒悟，改变了寻找施培第姆的初衷。

"特里姆，你的力气这么大，为什么要在这儿做农活呢？真是大材小用了，不如让我们去做点儿有意义的事情吧！"索科里说。

"好，我们走！"特里姆同意了。

说完，他把两头公牛从犁上卸下，一拳打死了，又把犁拆成碎片，用这些碎片生起一堆火，然后连根拔掉一棵树，就好像在外野营时吃烤肉一样，把两头公牛捆在火堆上烤熟。

这两个大力士吃光了两头公牛，连骨头都吃了。他们吃了这顿午饭之后，浑身充满了力量，于是朝着山冈的方向走去，去找那个能把整个村庄顶在肩膀上的大力士。

　　"施培第姆，你的力气可真大，居然能把整个村庄顶在肩膀上，一个人怎么会有如此大的力气？还有，你为什么要把村庄顶在肩膀上呢？"他们走到目的地后，立刻和施培第姆聊起来。

　　"因为在我小的时候，狼群常光顾我们的村庄，不但咬死了很多牲畜，而且还伤了很多人，我的父母因此丧命。从

那以后，我下定决心要保护好村子里的每一个人和每一个牲畜。于是我每天都练习举大石头，长大后，力气也变得越来越大。然后，我就把整个村庄抬到自己的肩膀上，不让村庄受到狼的伤害。"施培第姆回答。

"原来是这样啊！我在我的家乡听说你能把整个村庄顶在肩膀上，所以就来找你了。我还以为这只是个传说呢！今天见到你，我终于知道了自己的不足，人不能太骄傲自大。"索科里恍然大悟。

"把村庄放下来吧，狼早就从这里逃走了，跟我们一起去周游世界，看看外面的精彩，也让别人看看咱们是多么的有力量。你的力气比我们大，你就做我们的哥哥吧！"特里姆说道。

"有了力气应该帮助更多需要帮助的人，不能只顾自己的利益。"施培第姆心想。

于是，他便把村庄从肩膀上移下来，放到原来的地方，然后和两个伙伴一同上路了。

他们去了很多地方，帮助了很多人。

"我带你们去我的家乡看一看吧！我家住在一个繁华的城市，我们可以在那里休整一段时间，然后再走向更大的地方。"有一天，索科里对他们说。

于是，他们决定朝着索科里家乡的方向走。他们就这样走啊走，穿过一片片的树林，趟过一条条的小河，来到了一座高山旁边。

这里风景很美，云雾缭绕，山上长满了柞树，遍地开满了鲜花，草在阳光下发出绿色的光芒，就像被大自然母亲的手抚摸过一样。

山脚下的梯田仿佛一层层台阶，把山从世俗的烟尘中托了起来。他们很喜欢这里，所以就在这儿停下来休息。

第二天一早，特里姆和施培第姆两个大力士就出去打猎了，索科里留下来烧饭。

索科里切好肉，把它放进了一口很大的锅里，倒上水，架起一个大火堆。

突然间，地晃了一下，他看见山的中间裂开一条缝儿，从里面走出一个小矮人。

这人身长三厘米，胡子七厘米，头上顶着一个南瓜桶，身披红色披风，手拿一个比自己还高的棍子。

"小伙子，你的锅里煮的是什么啊，这么香!"他走到锅前，态度十分傲慢。

"是肉汤。"索科里看着小矮人，半天才缓过神。

"给我盛一碗。"小矮人倒不客气。

索科里给小矮人盛了满满一大碗。小矮人丝毫不怕烫，一口就把滚热的肉汤咽下去了，

"喂，再给我来一碗!"小矮人命令道。

索科里又给他盛了一碗。小矮人把这碗肉汤端到嘴边，又全喝光了。

"我还要喝，这个碗太小，换个盆来!"小矮人呵斥道。

"今天一滴也不会再给你了，快走开吧，我们自己还不够喝呢!"索科里生气了，皱起眉头怒气冲冲。

没等他说完最后一句话，小矮人就朝锅踢了一脚，转身跑了。锅里的肉汤都洒出来了，索科里气得咬牙切齿，眼里闪出一股无法遏制的怒火，好似一头被激怒的狮子。

"你不但喝了我的肉汤，还打翻我的锅。我今天一定要抓到你，把你放到锅里煮汤喝！"索科里破口大骂。

他跟在小矮人后面边骂边追，但是根本追不上，于是就把一根粗棍子朝他扔过去。

可是小矮人的胡子长，他用胡子卷起棍子甩了回去，正好打在索科里腿上。

索科里一下子跪在地上，又捡起一块石头朝小矮人打去。就在这时候，山就像门一样自动打开了，小矮人跑进去，山门马上又关闭起来。

"你这个该死的小矮人，还我的肉汤！"索科里气急败坏地对着山大骂，可是一点儿动静也没有。

他实在没有办法，沮丧地回去了。

到了晚上，特里姆和施培第姆打猎回来一看，锅里的汤都没有了，锅底的肉也脏了，觉得很奇怪。索科里便对他们讲起刚才发生的事。

"你真丢脸啊，一个小矮人都制服不了，明天我来看守这口锅！"特里姆对他说道。

第二天，索科里和施培第姆出去打猎，特里姆留下烧饭。他切好了肉，把肉放进锅里，倒上水，架起一个大火堆，然后把锅放在火上煮汤，自己坐在一边，手里拿着一根粗棍子。

忽然，地晃了一下，特里姆看见山的中间裂开一条缝儿，从里面走出一个小矮人。

这人身长三厘米，胡子七厘米，头上顶着一个南瓜桶，身披红色披风，手拿一个比自己还高的棍子。

"小伙子，你的锅里煮的是什么啊，这么香！"他走到锅前，再次问道。

"煮的是肉，难道你看不见吗？"特里姆有所防备。

"给我盛一碗，我要喝。"小矮人说。

特里姆给他盛了满满一大碗。

"碗太小了，给我换个盆。"小矮人一下子就把肉汤喝光了。

特里姆给他换了一个盆，又盛满肉汤，可是两只眼睛一直盯着小矮人，想看他还要干什么。

小矮人又喝完了，但还要喝。

"今天够啦，你都喝一盆了！"特里姆紧紧握住棍子。

还没等他说完最后一句话，小矮人就朝锅踢了一脚，转身跑了。特里姆的怒火在胸中翻腾。

"你昨天欺负了我的兄弟，今天又来捣乱，我要替他报仇！"他边追边骂。

特里姆把那根粗棍了朝小矮人扔过去，但没有打中。小矮人用胡子把棍子卷住，向后一甩，打在了特里姆的身上。

特里姆更生气了，朝他扔掷石头，但都被小矮人巧妙地躲了过去。这时，山门自动打开了，小矮人又逃进山里去了。

特里姆举起石头朝刚才山裂开的地方砸去，可是山一点儿动静也没有。

"我们以礼相待，你却打翻我们的东西。如果让我抓住你，一定要把你的胡子拔光！"他没有办法，只好回去了。

晚上，索科里打猎回来朝锅里一看，没有讲一句话。

"汤在哪儿，肉怎么这么脏？"施培第姆不明白，详细盘问道。

对特里姆来说，打不过小矮人是很丢脸的事，但还是

讲出了全部经过。

"你真丢人，连一锅汤也看守不住，这样吧，明天换我留下来，看我怎么对付他！"施培第姆很生气。

到了早晨，索科里和特里姆出去打猎，施培第姆留下做饭。他切好了肉，放进锅里，倒上水，架起一个大火堆，把锅放在火上煮汤。

然后施培第姆就在锅的周围走来走去，棍子不离手。忽然，地晃了一下，他看见山的中间裂开一条缝儿，从里面走出一个小矮人。

这人身长三厘米，胡子七厘米，头上顶着一个南瓜桶，身披红色披风，手拿一个比自己还高的棍子。

"给我盛一碗汤，我要喝。"小矮人说。

"今天你什么也别想喝到！"施培第姆朝前走了一步，用身体挡住锅。

小矮人坚持要喝汤，施培第姆就是不给，双方争执得很激烈，开始打起来。最后，小矮人把他连同锅一起推倒在地。

热汤烫伤了施培第姆，他头上冒着热气，鼻子尖上挂着几颗亮晶晶的汗珠，眉毛向上挑着，嘴却向下咧着。

他顾不上疼痛，仍然去追赶小矮人。好不容易抓住了，还没等他抓紧，小矮人就像鱼儿一样从手中溜走了。

施培第姆紧跟在小矮人的后面，下定决心要抓住他。可是，山门又自动打开了，小矮人躲了进去。

"你惹了祸就知道往山里躲，有能耐出来和我较量一下，别总躲在山里当缩头乌龟！"施培第姆愤怒到了顶点，敲打着山门。

傍晚，他去迎接自己的伙伴们。

"我也遭遇到了和你们一样的经历，但我们不能这么丢脸地生活下去。我一天不抓住小矮人，就一天不会安心，你们留在这儿等着我。"施培第姆收拾了一下，就动身上路了。

施培第姆走遍了这座山，但是一个人也没有遇到。最后，他来到一条小河旁边，看见了一群羊，觉得有羊就一定会有人。

"你好啊，朋友！"施培第姆看见一个牧人在河边休息，就上前打招呼。

"你好，你从哪里来啊？"牧人问。

于是，施培第姆和牧人攀谈起来。

"这座山有什么奇怪的事情发生了吗，为什么在这么偏僻的地方放羊？山脚下有很多汁液饱满的青草，为什么不到那里去放呢？而且我走了这么远，就只看见你一个人！"施培第姆问了一连串的问题。

牧人一听，便向施培第姆诉苦。

"我们以前是在山脚那片牧场放羊的，但前一阵子，一个小矮人霸占了整座山，从此不让我们再到那里去放羊。如果有去的，他就会用胡子把羊卷走，然后煮汤喝。小矮人还有一个帮手，也很厉害。"他愁眉苦脸。

施培第姆听完后非常开心。

"我可找对人了，我前几天碰到了这个小矮人，还被他耍得团团转。我以为他是突然从山里冒出来的，原来早就在这里欺负人了。我一定要把这个小矮人赶走，你快说说是什么样的帮手，从哪里来的?"他拍手问道。

"突然有一天，乌云密布，电闪雷鸣，地动山摇，山从中间裂开一条缝儿，一块大石头从上面滚了下来，堵在路上。那个石头很大，我们找了一个大力士都没能把它搬走。正好一只野猪从那经过，把石头搬走了。小矮人看见了，就把野猪收服了。他在山的四周围起了铁栅栏，并派那只野猪看守。这只野猪力大无比，谁也不敢跟他搏斗。据说那凶恶的小矮人之所以有力气，是因为这只野猪。"牧人回答。

"要怎样才能找到野猪?"施培第姆听了这番话，决定先对付那只野猪。

"我也不清楚野猪在哪儿，你到前面那个村庄问问吧！村庄东面第一家有个牧场主，他什么都知道！"牧人回答。

施培第姆回去把大致情况跟索科里和特里姆讲了一

遍，并告诉他们自己要去找这只大野猪，不再让它帮助小矮人欺负百姓。

索科里听完他的话后，突然想起之前自己没有搬动的大石头，后来无故失踪，这才明白原来是被大野猪搬走了。施培第姆按照牧人所说，来到那个村庄。

"主人在家吗？"他敲了敲那户人家的门。

"在家，欢迎光临！"主人很好客。

"突然来到你家，请不要生气，打扰你了。"施培第姆

也很有礼貌。

"怎么会生气呢，屋子不就是为了招待客人的吗，如果不嫌弃，请进来吧，我一向都很欢迎客人来到我家！"主人特别热情。

他们聊了一会儿，主人和坐在河边的那个牧人一样，开始和施培第姆诉苦。

"羊没有地方可以赶了，有些地方连草都快不长了。有个小矮人霸占了山里的牧场，用铁栅栏围起来，还派一只野猪看管，不让我们的羊去吃草。曾经有牧人把羊赶到那里，结果再也没回来。"说完，他深深地叹了口气。

"正好利用这个机会去和那野猪切磋一下，顺便打探一下小矮人到底有什么能耐！"施培第姆心想。

"我是从远方来的，没地方可以去，你能不能雇我放牧。我的力气很大，什么都能干，你只供应我食物就可以，请留下我。"他恳求道。

"当然可以，但你千万不要把羊群赶去山脚，因为那只野猪时时刻刻都看守着这座山。他很厉害，到目前为止，都没有人能斗得过他，所以千万不要去招惹他！"主人嘱咐道。

施培第姆没有跟主人争论，更没有听主人的话。他出了牧场，赶着羊群直奔那座山。

他走到铁栅栏跟前，一脚将它踢倒，然后把一大群羊放到这块被封禁的牧场里去了。

羊儿向那些新鲜多汁的青草冲过去，肚子吃得饱饱的，满意地咩咩叫着。

"谁这么胆大妄为，竟敢在我的山上放羊，真是不要命了！"野猪听到羊的叫声，立刻从草堆里蹿了出来，用那使人害怕的声音大叫道。

"野猪，是我啊！"施培第姆说。

"牧人，你应该是从远方来的，所以不知道本地的规矩。这个牧场是我的，不允许别人放羊，难道没有人告诉你吗？赶快把你的羊群赶走！这一次我饶了你，可是你要当心，如果下回在这儿又看到你，就别想活命，更别怪我没提醒你!"野猪一看施培第姆是一个陌生的面孔,打算放他一马。

施培第姆一声不响地把羊群赶回了牧场。主人看了看羊,一只没少,而且所有的羊都吃得饱饱的。

"你把羊赶到哪儿去放的,朋友?"主人问。

"就是那块地方。"施培第姆边说边用手朝野猪看管的那片牧场指了指。

"这个人把羊群赶到野猪看管的那片牧场,不仅一只羊没少,而且还平安回来了,没受一点儿伤,可真厉害,难道他会法术?"主人心里默默想着。

第二天,施培第姆又把羊群赶到那块被封禁的牧场里去。羊儿又向那些新鲜多汁的青草冲过去,肚子吃得饱饱的,满意地咩咩叫着。野猪听到了,又从草堆里蹿了出来。

"你又来啦,我昨天已经警告过你别再让我看到你,你不听从我的命令,不遵守这儿的规矩,还敢把羊群赶到这儿来。我这次是不会放过你的,难道你不怕被我吃了吗?"

野猪哼哼着。

"你不用替我担心，野猪，走近一点，让我们较量一下，看谁能赢！"施培第姆很勇敢。

野猪抬头嚎叫了一声，飞奔着冲向施培第姆。他们一直打到傍晚，也没分出胜负，最后全都累得瘫倒在地。

"要是能让我吃一个狠毒茄，一下子就能把你撕成碎片！"野猪恶狠狠地说道。

"要是能让我吃一个夹羊酪的大圆面包，也能一下子把你打垮！"施培第姆也不甘示弱。

他们约好明天吃饱继续打，并且一定要分出胜负。然后，施培第姆把吃得饱饱的羊赶回牧场。

主人立刻猜想到，施培第姆一定又把羊牵到那片牧场了，所以十分担心羊会丢掉。

主人决定跟踪他，看看这位外地来的牧人到底有什么能耐，能几次三番地去，并且每次都能安全回来。

第二天天刚亮，施培第姆像往常一样，出了牧场把羊一直朝山脚赶。

主人暗地里跟着他，然后就躲在灌木林里等着，看看究竟会发生什么事情。

突然，大地颤抖了一下，他看见野猪从草堆里蹿出来。野猪牙齿锋利、动作快捷，一看就是善于格斗的猛兽，施培第姆则毫无畏惧地瞪着它。他们打到傍晚，依然没能分出胜负。

"要是能让我吃一个狠毒茄，一下子就能把你撕成碎片！"野猪捶了捶胸，又一次恶狠狠地说道。

"要是能让我吃一个夹羊酪的大圆面包，也能一下子把你打垮！"说完，施培第姆轻蔑地看了野猪一眼。

之后，他们各自分开，约好明日再战。但是主人记住了这些话，第二天，又跟着施培第姆，随身带了一个大圆面包和羊酪。

他继续躲在灌木林里，观察着事态的发展。突然，野猪狂奔而来，扭住施培第姆，用头顶着他，一直顶到铁栅栏边上。施培第姆则揪住它的耳朵，举起来扔到地上。

他们打到了傍晚，都已经筋疲力尽了，依然没能分出胜负。于是，他们又开始说起狠毒茄和面包夹羊酪的话。话刚说完，主人就从灌木林里跑了出来。

"给你一个大圆面包和羊酪，吃掉它你就有力气了，一定能打败野猪！"他朝施培第姆大喊。

施培第姆一口吞掉它们，然后揪住野猪的尾巴，狠狠地甩到树上。他挥起拳头，一拳打死了野猪，嚎叫声响彻山谷。

"感谢你除掉了野猪，我们又可以在这儿放羊了！"主人高兴地抱起施培第姆。

"还有一个小矮人没解决掉呢，你知道他在哪儿吗？"施培第姆问。

"你不必管小矮人，野猪和他早已合为一体。野猪死掉，小矮人也就活不成了！"主人回答。

施培第姆告别主人，高高兴兴下山去了。索科里和特里姆一直待在山下等着他归来，他们一边喝酒，一边吃肉。

施培第姆给他们讲述了大战野猪的全部过程。两人越来越佩服施培第姆。

"那个小矮人怎么办？"他们问施培第姆。

施培第姆刚要回答，他们就看见山门打开了，小矮人走了出来。

他不再像以前那样威风、傲慢，胡子一根一根地往下掉，脑袋变得越来越大，头上的南瓜桶变成了一个鹰头，身后的披风变成了鹰的翅膀。

就在小矮人飞起的瞬间，一道光束照了下来，他就像肥皂泡一样炸掉了。

从此以后，牧人们恢复了平静的生活，并常常谈论起施培第姆大战野猪的事，夸奖他力气大，还教育后代要无私地帮助别人。

就这样，施培第姆跟自己的两个伙伴走遍了全世界。他们打击坏人，帮助弱者，惩恶扬善，不求回报，不但学会了很多本事，也懂得了很多道理。

玻璃山的故事

　　从前，有一座玻璃山。它山势陡峭、高耸入云，既没有通车的大路，也没有上山的小路，谁也不知道如何才能爬上这座山，当然就更不知道山顶上究竟是什么样子。

　　玻璃山脚下有一个村庄，里面住着一对穷困的老夫妻，他们唯一的希望就是一个名叫阿基姆的儿子。

　　有一次，阿基姆在市场上闲逛，看到很多人挤在一起，正在听国王的传令官讲话。

　　"喂，有胆儿大的吗？有的话就请你站出来，坐到秋千上。让我们把你荡到玻璃山上去，帮我们探知山顶的情况。"传令官大声喊道。

人们站在传令官的周围，犹豫不定。被荡到玻璃山顶，那该有多么恐怖呀！

这时，只见阿基姆自告奋勇地走了出来。

"把我荡到玻璃山上去吧！"阿基姆说道。

阿基姆坐在秋千上，大家狠狠地荡起秋千，把他荡到了玻璃山顶。

"喂，那儿有什么啊？"人们在山下大声叫喊着。

阿基姆向四周看了一眼，遍地是珍珠、银子和宝石。

"山上有银子、珍珠和宝石，遍地都是！"他大声回答道。

一听到这话，市场上的商人们纷纷锁上店铺，争先恐后地奔到广场上。

"喂，小伙子，赶快把金银财宝丢下来吧！"商人们撩起衣服的下摆，冲着山顶大声叫喊道。

老实忠厚的阿基姆将金银财宝大把大把地丢给他们，丢得太多，商人们都搬不动了。

"好了，够啦！天不早了，我该下去了！"阿基姆喊道。

可是商人们的眼睛都红了，面对耀眼的金银财宝，他们哪里还管山上苦孩子的死活呢？

"等一等，让我们先把金银财宝运回家，再套着大车回来。你帮我们每人装满一大车，我们保证你安全下山。你先在原地坐着，山上不是蛮好玩么！"财迷们大声叫喊着。

阿基姆知道，这些贪婪的商人是绝对不会轻易放他下山的。没办法，他只好自己想办法应付这件倒霉的事了。他开始寻找，看看有没有下山的小路。找啊找，他终于发现了一个山洞。

阿基姆钻进山洞，一直往前走，穿过一座山，眼前出现了一座茂密的森林和一片空旷的草地。草地上有一个脏兮兮的大羊圈。

好大的羊圈啊，至少可以养三百只山羊。

勤劳热心的阿基姆开始动手打扫羊圈。他扫啊，刷啊，直到感觉又饿又累，才在一丛野玫瑰树下躺了下来。

傍晚，羊群从山上下来了，走在最前面的是一头有三只眼睛的公山羊。

"是谁给了我们这样清洁的环境啊，要知道，我们的主人是个盲人！"山羊们看着干干净净的羊圈觉得很奇怪。

第二天早晨，三眼公山羊命令一只山羊留在圈里观察，看究竟是谁打扫了羊圈。

羊群走开了，留下来的山羊站在圈里值班，由于很久不见人来，便想出去吃点儿东西。

它走出羊圈，在灌木林里啃着树叶，阿基姆利用这个时间把羊圈打扫得干干净净。

"喂，是谁打扫的羊圈，你看见了吗?"羊群回来后，三眼公山羊问。

"没有，什么也没看见。我出去啃了一会儿树叶，回来的时候，羊圈就已经打扫干净了。"山羊小声地答道。

三眼公山羊很生气，把山羊赶到了一边。

第三天早晨，三眼公山羊又吩咐另一只山羊留守羊圈，嘱咐它哪儿都别去，好好守着，看到底是谁打扫的羊圈。

山羊们都去吃草了，留下的山羊站在圈里值班，哪儿都没去，瞪着眼睛死守着。

它等啊等，最后实在撑不住了，便打起了瞌睡。阿基姆利用这段时间把羊圈打扫得干干净净。

"喂，是谁打扫的羊圈，看见了吗?"羊群回来后，三眼公山羊问道。

"什么也没有看见。"留守的山羊回答说。

"怎么，你也去啃树叶了?"三眼公山羊极不满意。

"没有，我只打了一小会儿瞌睡，等我醒来，羊圈已经打扫得干干净净了。"留守的山羊解释说。

三眼公山羊非常生气，把这只山羊也赶到一边去了。

第四天早晨，三眼公山羊让羊群去吃草，自己留下来。

三眼公山羊站在羊圈里，等啊等，最后也撑不住打起了瞌睡。可是它只闭上了两只眼睛，而第三只眼睛还睁着。

阿基姆以为它睡着了，便从灌木林里走出来。三眼公山羊立刻抓住他。

"快说，你是谁，是人还是妖？"三眼公山羊问。

"我是人，不是妖。"阿基姆回答说。

"既然这样，就让我们去见放羊的老头儿吧！"公山羊说道。

三眼公山羊把阿基姆带到放羊老头儿那里。从此，阿基姆就帮助放羊老头儿料理家务。

"老人家，今天我去放羊。"一天早晨，阿基姆对放羊老

头儿说。

"好吧，孩子。不过你得当心，千万别把羊群赶到黑崖那边去。那里有一个美丽无比的女妖怪。"放羊老头儿叮嘱着。

阿基姆把山羊赶往牧场。虽然放羊老头儿禁止过，但他还是把羊群赶到了黑崖。阿基姆坐在一块石头上，掏出芦笛，吹奏起来。

阿基姆尽情地吹奏着芦笛。

"你吹得真好听，孩子！让我来跟你比一比。你吹笛，我跳舞。要是谁先累了，那他只能做另一个的奴仆。"女妖怪从山里走出来说。

"这有什么难的。"于是，阿基姆吹了一整天芦笛，女妖怪跳了一整天舞。

直到傍晚，他们也没分出胜负。黄昏时分，阿基姆赶着羊群下山了。

"孩子，怎么回来这么晚！你把山羊赶到黑崖那里去了吗?"放羊老头儿疑惑地问道。

阿基姆一声不响，没有告诉放羊老头儿。

"孩子，千万别把羊群赶到那里去，我的眼睛就是在那儿失去的。"第二天早晨，放羊老头儿又嘱咐道。

阿基姆虽然嘴上答应，可还是不由自主地把羊群赶到了黑崖。他仍然坐到那块石头上，掏出芦笛，吹奏起来。

"昨天没分胜负，今天再比！"女妖怪走到他面前提议。

他们又一直比到傍晚，可还是没分胜负。

"孩子，怎么又回来这么晚！你把山羊赶到黑崖那里去了吗？"放羊老头儿再一次疑惑地问道。

阿基姆还是一声不响。

"孩子，千万别把羊群赶到那里去，女妖怪就是在那儿挖掉我眼睛的。"第三天早晨，放羊老头儿还是放心不下。

女妖怪已经早早在那里等着了。

"喂，孩子，还比吗？"女妖怪问。

"没分出胜负，为什么不比？"阿基姆回答说。

于是，他们又开始比赛。阿基姆一直吹奏到傍晚，女妖怪也一直跳到傍晚。天黑了下来，女妖怪跳得筋疲力尽。

"唉，太累了，让我喘一口气！"女妖怪终于瘫倒在地。

见女妖怪已经没有反抗能力，阿基姆立刻把她绑在一棵松树上，然后吆喝羊群准备下山。

"放了我吧，孩子，求你了！"女妖怪苦苦哀求。

"好，我解开你，不过你要告诉我，你把放羊老头儿的两只眼睛放在哪儿了。"阿基姆说道。

"你先放了我，我就告诉你。"女妖怪回答道。

阿基姆哪肯相信这个女妖怪的鬼话，再次把山羊集合起来。

"回家去，让她在这棵松树下面饿死吧！"阿基姆对羊群说道。

女妖怪害怕了，只好告诉阿基姆，当初把放羊老头儿的眼睛丢在一座高不可攀的山崖上去了。

阿基姆马上爬上这座山崖，果然发现了放羊老头儿的眼睛。他小心翼翼地将眼睛拿回来，又重新吆喝山羊回家。

"别走，孩子，我已经告诉你眼睛的位置，你该把我放了吧！"女妖怪哀求道。

"你还要告诉我，怎样才能让放羊老头儿重见光明。老实回答我，别撒谎，那样我就放掉你。"阿基姆很聪明。

"天刚亮的时候，把放羊老头儿从屋里领出来，让他面对太阳站着。这样，太阳一升起来，阳光就会照耀他的双眼。此时，你拿起眼睛，放到他的眼窝里，它们就会长上去了。"女妖怪说出了让放羊老头儿重见光明的秘密。

阿基姆放开女妖怪，把山羊集合起来，回家了。

阿基姆很晚才回家，放羊老头儿很担心，再三追问是不是又把羊群赶到黑崖那儿去了。阿基姆避而不答。

"走吧，老人家，我们到院子里去，在太阳底下站一会儿。"转天早晨，天刚亮，阿基姆就对放羊老头儿说。

太阳升起来，阳光照耀着放羊老头儿的双眼。阿基姆按照女妖怪说的，将双眼放入老头儿的眼窝。

"老人家，现在看见了吗？"阿基姆问道。

"看见了，我的眼前一片光明！"放羊老头儿十分惊喜。

这时，阿基姆才将事情的经过告诉放羊老头儿。

放羊老头儿高兴得哭了起来，感谢阿基姆的勇敢和善良，说现在可以自己去放羊了，阿基姆以后的任务是料理家务。

这一天早晨，放羊老头儿出发前，把阿基姆叫到跟前。

"拿着，孩子，这是打开所有房间的十一把钥匙，第十二把钥匙我自己保管，因为你还年轻，别闹出乱子来！"放羊老头儿将一串钥匙递给阿基姆。

阿基姆打开了所有房间，发现里面存放着很多金银财宝、华丽衣裳、银质家具和黄金器皿，一个房间里面还拴着一匹雄壮的马。可是阿基姆还是想知道第十二个房间的秘密。

"将那把钥匙给我吧！"他一再恳求放羊老头儿。

"孩子，你还年轻，如果不听我的劝告，会惹出灾祸的。"放羊老头儿就是不答应。

那个房间到底放着什么东西呢？过了一两天，阿基姆又恳求放羊老头儿把钥匙交给他。放羊老头儿开始还坚持，但拗不过阿基姆，最后只好摇头叹气，交出了第十二个房间的钥匙。

阿基姆打开第十二个房间的门，看见屋子中央有一个水池。他悄悄躲在门后，观察着房间里的一切。

阿基姆等啊等，忽然看见三个仙女从壁炉里走出来，并且跳入水池嬉戏。

"快点儿，快点儿，姐妹们，不要让人看见我们在这里戏水！"三个仙女玩了好一会儿后，一个仙女说道。

她们穿上衣服，飞走了。

过了一个星期，在同一个时间，三个仙女又飞来了，再一次跳进水池戏水，然后匆匆飞走。

第三个星期，也是在同一个时间，三个仙女又飞来戏水，阿基姆悄悄拿走了最年轻仙女的银腰带。仙女们从水里出来，两个仙女穿上衣服飞走了，只剩下年轻仙女寻找腰带。

　　阿基姆牵出那匹雄壮的马，将仙女扶上马背，自己也跃上去，准备离开。

　　他们正要走出院子时，马蹄在石头上的踏击声惊动了放羊老头儿。

　　"唉，孩子，我警告过你，你会惹祸的。好吧，既然已经不可挽回了，那就记住一件事，将来你遭了难，一定要找

我，我会帮你的！"放羊老头儿叮嘱道。

阿基姆带着仙女离开玻璃山，很快回到父母身边。阿基姆把银腰带交给母亲，再三嘱咐把它锁在箱子里。

"您要是把腰带交给她，我就再也看不到我的未婚妻了。"阿基姆还是不放心。

从此，一家四口开始了美满的生活。

就这样又过去了几年，阿基姆已经变成了一个英俊的小伙子，决定马上和仙女举行婚礼。

"妈妈，把我的银腰带还给我吧！您看，来参加婚礼的宾客们都打扮得漂漂亮亮，我也不能穿得太寒酸。"婚礼前，仙女央求婆婆。

看到儿媳可怜巴巴的样子，老太婆动了恻隐之心。

"好吧，大喜的日子，就让她开心一下吧！再说，她还能去哪儿呢？"老太婆暗想。

老太婆将银腰带递给了儿媳。仙女系上银腰带，立刻变得更加美丽了。

"跳个舞吧，仙女，向我们展示一下你的舞姿！"远近村子的女人纷纷鼓动她。

"我不会跳舞，我的朋友们，可是我会飞。"仙女说道。

"好啊，就请你表演怎么飞吧！"女宾们异口同声地请求。

仙女挥舞了一下腰带，立即飞了起来，先是飞到天花板，然后又飞到屋顶的烟囱上。

"请原谅，妈妈，在没得到兄弟姐妹们同意前，我是不能自作主张嫁给您儿子的！请您把这个戒指还给他，对他说，别忘掉自己的未婚妻！"仙女对婆婆大声喊道，一边说一边把戒指扔给老太婆，然后就飞走了。

四处忙碌的阿基姆回到屋子里，看见满面愁容的母亲迎接他，却不见了未婚妻。

"怎么啦，妈妈？"阿基姆问。

"你的未婚妻飞走了。"母亲把事情的详细经过告诉了儿子，后悔没有听儿子的话。

阿基姆并没有责怪妈妈，而是骑上神马直奔玻璃山，来到放羊老头儿家里。

"喂，赶紧告诉我，到底发生了什么事，看我能不能帮助你。"见到阿基姆，放羊老头儿高兴地拥抱着他。

"告诉我，老人家，我带走仙女后，她的姐妹们还来过这里戏水吗？"阿基姆把事情的经过讲了一遍。

"没有，孩子，那次以后她们再也没有在这儿出现过。"放羊老头儿回答说。

"告诉我，老人家，她们住在哪里？"阿基姆穷追不舍。

"这个我可不知道，孩子。不过我可以给你出个主意，你到我哥哥那儿去。我在世上活了一百岁，可他活了两百岁，所以，他比我知道的多。"放羊老头儿回答。

放羊老头儿详细地告诉阿基姆去哪儿找他的哥哥。

阿基姆道谢后，跨上马，飞奔而去。

"小伙子，我也告诉不了你什么。你到我的哥哥那儿去吧！我在世上活了两百岁，可他却活了三百岁。也许，见多识广的他会给你出个主意。"听了阿基姆述说前情后，两百岁的老头儿摇了摇头。

阿基姆致谢后，跨上马，又飞奔而去。

"无论如何，麻烦您老人家帮个忙。"阿基姆向三百岁的老头儿请求道。

"孩子，我也不知道仙女姐妹们住在哪儿。不过，我想起在我很小的时候，父亲曾经对我讲过，离这儿不远的地方有一个泉，仙女姐妹们平时就从这个泉里打水。你骑上这匹好马，三天三夜就能跑到！"三百岁的老头儿听完了小伙子的话，沉思了片刻。

阿基姆谢过了三百岁的老头儿，跨上马，再一次飞奔而去。来到了泉边，阿基姆躲在灌木林后面等待。忽然，他看见一个少女拿着一只水罐，正沿着小道向泉边走来。少女打满了水，正准备转身往回走，阿基姆走出灌木林拦住她。

"你是谁，美丽的姑娘？"阿基姆问道。

"我是大仙女的仆人。"少女回答。

"请你给我点儿水喝，好吗？"阿基姆请求着。

"请吧！"少女将水罐递给阿基姆。

喝了几口，阿基姆礼貌地道了谢。

少女走后，他又躲到灌木林后面观察。

又过了一会儿，阿基姆看见另一个少女向泉边走来。少女打满了水，正要转身离去，阿基姆又走到她面前。

"你是谁，美丽的姑娘？"阿基姆问道。

"我是二仙女的仆人。"第二个少女回答。

阿基姆又向这位少女讨水喝。

少女让他喝了水，然后离开。阿基姆再次躲到灌木林后面观察。这时，他看见第三个少女向泉边走来。

"你是谁，美丽的姑娘？"第三个少女刚打满了水，阿基姆就来到她面前。

"我是小仙女的仆人。"第三个少女回答说。

一听到这话，阿基姆立刻向少女讨水喝。喝水前他把未婚妻的戒指含在嘴里，趁喝水的工夫，将戒指吐到了水罐里。

第三个少女回到家里，把水罐交给小仙女。

　　仙女喝水的时候，一眼就看见了水罐里的戒指。她立刻明白是阿基姆来找她了，于是将此事如实告诉了两个姐姐。

　　"小伙子，你现在很危险，我们的兄弟们傍晚就要回来，他们都是吃人的妖怪，让我们来帮你吧!"三个仙女来到泉水边。

　　说完这些话，仙女们就拉住阿基姆的手，把他变成一个苹果，放进小妹的口袋里，然后回家。

　　晚上，仙女的十二个兄弟打猎回来了，他们都是些吃人的妖怪。

　　"姐妹们，这里怎么有人的气味?"兄弟们走进屋，抽动了几下鼻子。

　　"兄弟们，你们说什么，我们从哪儿弄人来呢? 一定是你们吃了人，所以才觉得到处都是人味。要知道，即使有人路过这里，你们也一定会抓住他，把他吃掉的!"三姐妹回答。

　　"如实说吧，我们不吃他。"兄弟们说道。

三姐妹哪里会轻易相信他们的话，一定要他们发誓，如果说出来绝不吃掉他。兄弟们用高山和原野向她们起誓。可三姐妹还是不相信。

"你们要用脑袋发誓，只有这样，我们才会相信。"三姐妹说道。

妖怪兄弟发了毒誓，三姐妹让阿基姆现了原形。姐妹们告诉兄弟们，说小伙子是来向小妹妹求婚的。

"好吧，事已至此，我们同意把小妹妹许配给他，不过要让我们看看他的力气和本领。要是他的力气比我们大，而且比我们更智慧，我们就把小妹妹许配给他。"妖怪们说道。

"我们各自背一捆木柴，背到家，要是你背得比我们多，我们就把小妹妹许配给你。"第二天早晨，妖怪们把阿基姆带到森林里。

妖怪们开始把木柴一堆一堆地码起来。阿基姆一看，木柴堆非常大，于是便害怕了。他怎么可能搬动那么一大堆木柴呢？

阿基姆思索片刻，终于想出了一个好办法。他将一条绳子拴到林边的一棵大树上，拉着绳子沿着森林绕圈。

"你在干什么，老弟？"妖怪们十分诧异地问道。

"我不想每天来背木柴，我要用绳子把整个森林捆起来，都背回家。"阿基姆回答。

"什么？你说什么？千万别这样。如果我们把整个森林都搬走了，邻近的妖怪们一定会抱怨我们的。"妖怪们惊慌失措。

就这样，妖怪们把木柴背到肩上，小伙子却在一旁悠闲地迈着小步。

"喂，姐妹们，他虽然是个人，可是力气却比我们大得多，他想一下子把整个森林都搬回家。"妖怪们回到家对三姐妹说。

第三天，妖怪们叫阿基姆去打泉水。他们每人手提一个大水桶，而阿基姆却只带着一把锹和一把锄。

"你拿这些东西干什么？"妖怪们问。

"我不想每天都用水桶打水，我要把整个泉眼都搬到家里来。"阿基姆回答。

"你说什么？千万别这样，你觉得其他妖怪会允许吗？不，我们没有你也照样能喝到泉水。"妖怪们十分害怕。

"他比我们聪明，他要把整个泉眼都搬回家。"妖怪们回到家里，对三姐妹说。

第三天，妖怪们让阿基姆和他们一起去打猎。走进森林，他们看见一只兔子，一个妖怪追上去捉住兔子。

"喂，一会儿我们要看看你是怎么追兔子的。"妖怪们说道。

然后，他们来到一棵核桃树下。

"老弟，你爬到树上把核桃摘下来，要是不愿意爬树，就把树弯下来。"妖怪们指着高高挂在树梢的核桃。

"我怎么可能把这么粗的大树弯下来呢？看来只好爬上去了。"阿基姆暗想。

其实，妖怪们是想害死阿基姆。阿基姆刚刚爬到树梢，妖怪们便猛烈摇晃树干，几乎把树弯到地上，然后又猛地放开。阿基姆早有准备，紧紧地抱住树干。妖怪们一看没把他摇下来，便喊他下来。

"喂，你去追兔子吧！要是你捉到了兔子，我们就把小妹妹许配给你！"说着，他们放开了刚刚捉到的那只兔子。

怎么办呢？等爬下树，兔子早就跑掉了！阿基姆灵机一动，爬上树梢，对准兔子的方位荡去，不偏不倚，正好落到兔子身上。

妖怪们跑到阿基姆面前，见他真的捉住了兔子。

"把小妹妹嫁给你这样的人，我们做兄弟的也就放心了。"妖怪们说道。

他们回家后，送给小仙女很多金银财宝做嫁妆，然后扶她上马，让她同阿基姆一起回家成亲。

扎里符和玛拜

很久以前，有个叫米尔的人，在印度做买卖时赚了不少钱。他为人慷慨好客，在阿富汗享有很好的名声，最后成了国王。

一天傍晚，一个老者来到米尔的宫殿，请求施舍。一个侍女拿起一桶炭灰倒在他的口袋里。

"你不愿意施舍也就罢了，可为什么要这么做呢？"老者皱起眉头。

"让他们施舍给你的东西都变成炭灰吧！"姑娘一边说，一边哭了起来。

"你究竟遇到了什么倒霉事儿呢？你讲讲吧，我会帮助你的。"老者说。

"我的主人平时乐善好施，可是好人没有好报，到现在还没有孩子。"姑娘回答。

"这件事情我可以帮忙。"老者说完就念起咒语来。

这时，米尔出来了，来到老者面前，看着他念咒语。

"你会有孩子的，但是记住，生下来的第一个孩子一定要归我！"老者对米尔说。

米尔半信半疑，然后丢给他几枚硬币。

过了不久，米尔果真得了一个儿子，给他取名叫扎里符。七年后的一个傍晚，一个破衣烂衫的老头儿来敲米尔的宫殿大门，求施舍。

"是你啊，老者！"侍女看见他，高兴坏了，并把主人的喜事告诉了他。

"你带我去见你家主人吧！"老者要求说。

"你想要什么，尽管说吧！"米尔高兴地出门迎接。

"你还记得我们约定好的事儿吗？第一个孩子应当归我。"老者微笑着提醒米尔。

"你不要夺走我的独生子扎里符呀！如果你愿意搬进宫里住，就不会再受穷受苦了，还能看着扎里符长大成人。"米尔央求道。

老者同意了米尔的请求，留在了宫里。

几年过去了，米尔又生了一个男孩儿和一个女孩儿。男孩儿叫良尔，女孩儿叫巴拜依。

米尔很爱自己的孩子，但更爱他的大儿子扎里符。扎里符已经长成十六岁的英俊青年了。人们只要看见他，视线就很难从他身上移开。

扎里符直爽、善良，常常参加摔跤比赛，还游山、观察飞禽、读哲理书，不断充实自己。

一天，米尔把扎里符叫到面前。

"我的孩子，你已经长大成人了，你给自己选择一个最美丽、最有身份的姑娘做妻子吧！"米尔对扎里符说。

"父亲，我还年轻呢，让我再过些自由自在的日子吧!"扎里符回答说。

米尔并没有和儿子争论，而是让他走开了。到了傍晚，他去找老者商量。

老者告诉米尔，他会让扎里符转变心意。

老者来到扎里符的卧室，慢慢地同他谈了起来。

"你父亲老了，他一去世，你就是国王了。可你若是一个人，没有家眷，总是会有人跟你争夺王位的。你还是选一位称心如意的姑娘结婚吧!"老者苦口婆心地劝说道。

第二天一大早，扎里符就来到树林，认真考虑老者的话。在森林里，他遇见了一个名叫玛拜的美丽姑娘。他们很投缘，热情地聊了起来。

玛拜的美貌深深地印在了扎里符的心里。从那以后，扎里符经常和玛拜一起游玩。山里总是回荡着他们无忧无虑的笑声，生活对他们而言是那么地幸福和快乐。扎里符决定娶这个美丽的姑娘。

当扎里符把这个心愿告诉父亲时，遭到了父亲的反对。

"你挑选的这个穷姑娘，哪里配当你的妻子?"父亲十分不屑。

"财富不能让人美丽，有时候穷人的灵魂比富人的灵魂美得多。玛拜是个美丽善良的姑娘，她配当我的妻子。"扎里符坦然回答。

"好吧，就依你啦，我的孩子。"米尔虽然不情愿，但还是勉强答应了。

第二天，米尔就派人去说媒，玛拜答应了扎里符的求婚。米尔随后却借口种种原因拖延婚期，这对恋人只能耐心地等待。

在一个阴暗的秋天，仆人们发现米尔躺在自己的床上去世了。

所有的人都因米尔的离世痛哭着，只有米尔那个残忍成性的弟弟西得里暗地里高兴，因为他企图篡夺王位。

没过几天，扎里符的母亲因过分悲痛也去世了，留下了扎里符和他不太懂事的弟弟和妹妹。

扎里符搂着弟弟妹妹，决定做个勇敢坚强的男人。

西得里搬进了米尔的宫里，并且吩咐他的妻子毒打小良尔和巴拜依。他要驯服这两个孩子，把他们变成胆小畏缩的人。

西得里开始散布扎里符的谣言，说他是个荒淫放荡的人。

扎里符痛苦的日子开始了，只有玛拜尽力地去安慰他。

玛拜与良尔和巴拜依相处融洽，两个小孩子只有跟她在

一起的时候才不感到悲伤。

西得里正策划怎样登上宝座。有一次，他去拜见一位强盛的国王。

"扎里符是一个骗子和浪子，难道这样的人能当国王吗?"西得里想争取这位国王的支持。

"你打发他来一趟，我来考验考验他。如果他真是那样的人，在任何时候都当不了国王。"那个国王若有所思。

西得里高兴地跑回家吩咐扎里符去见那个国王。

国王亲切地接待了扎里符，让他坐在身旁，同他谈人生和理想。扎里符富有智慧的回答和独到的见解，博得了国王的青睐。

国王决定再考验他一下。

"我要出去一下，让我的爱妻在这儿陪你，免得你寂寞。请在这儿等我回来吧!"说完，国王就从宝座上站起来，走了。

但是他并没有走开，而是藏在门外，顺着门缝偷看扎里符的举动。

魁梧的扎里符坐在美丽的王妃身旁，一直不敢抬头。只有当王妃华服上的那颗宝石的光射到他脸上时，他才抬起头，但是马上就会又低下去。

国王走进门来，把妃子打发走了。

"我把这个美人送给你，你愿意吗?"国王问扎里符。

"我怎么能要您的妃子?"扎里符十分难为情地说。

"你不是端详过她吗?"国王笑着问。

"我只是看了一下她胸前佩带的那颗宝石。"扎里符如实回答。

国王认为扎里符是个年轻有为的人，而且为人诚实，便让他回去了。

西得里看见扎里符安然无恙，心里燃起了无名怒火，继续绞尽脑汁地想赶走扎里符的办法。

"我和你父亲领着商队运货物到印度去，赚了好多黄金，而金子的光会让人们的眼睛快活。我们这样经营了好多年，你不考虑继承父业吗?"一天，西得里对扎里符说。

扎里符觉得西得里说得有道理，便同意和他一起去，并吩咐装备商队。

玛拜听到这个消息，察觉出西得里存心不良，劝扎里符不要去。可是扎里符主意已定，没人能动摇他。

苦命的玛拜只能望着爱人远去的背影。

他们翻山越岭，终于来到了风景优美的印度。沿途的风光使扎里符感到兴奋。可是西得里却愁眉苦脸，心里一直在琢磨怎样可以摆脱扎里符。

又走了几天路，一条宽阔平静的大河横在扎里符的眼前，浊流里有许多鳄鱼向岸上游来。商队走下渡口，一个戴帽子的守桥人摆手拦住了他们。

"站住!不付一百个卢比，我是不会放你们过桥的!"守桥人说道。

"我同米尔从这里走过多年，从没付过钱。难道你看到领队是个年轻人就欺负人吗?"西得里勒住烈马。

"我们是照章收过河费的，不信你们跟我去见我们万能的国王。"守桥人说。

"他们也太骄傲了，你告诉他们，你就是大名鼎鼎的扎里符国王。"西得里怂恿扎里符。

扎里符没有为难守桥人，而是跟着他进宫见国王去了。

"这回扎里符若是落难，我必须想法让他再也翻不过身来。"西得里暗想。

西得里站在旁边，看见扎里符和国王在亲切地谈论着什么。他决定去和国王说扎里符的坏话。

"万能的国王！我有一件事儿要对你说。请允许我靠近你，秘密向你禀报。"西得里走近宝座。

国王点头同意。

"这个年轻人刚才辱骂你，我从这座桥上来往了五十多年，每次都照章交费，可是他第一次过桥就拒交费用，还侮辱你。"西得里贴在国王耳边悄悄地说。

"好吧，我知道了，你可以下去了。"西得里的话国王并不相信。

恰恰相反，国王断定这个年轻人一定会成为一名优秀的人才。

"年轻人，你留在我的王国辅助我吧！你在这里愿意做什么都行，就是不准走出我的王国。"国王对扎里符说。

扎里符别无他法，只好请求去和西得里告别，给家里捎个信儿。

国王把自己的士兵召唤来，命令他们跟着扎里符。

扎里符来到西得里面前，诉说了要留在这里的事情。

"千万照顾好良尔和巴拜依，他们太小了。还请你关照玛拜，让她等着我回去。"扎里符抱住叔叔的肩膀。

"你放心好了，他们也是我的亲人，我会爱护他们的。"西得里故意颤抖地说。

"他们是要处死你吧？"西得里假装很伤心。

"他们是要留我在这个王国里做一辈子的俘虏。"扎里符很无奈。

"这么说来，他们不会处死你啊！"西得里恶狠狠地喊了一声。

"我可不会把你的弟弟、妹妹当人，更不会把你的玛拜放在眼里，我会让他们知道我的厉害。"西得里得知真相后，终于原形毕露。

这时，扎里符才恍然大悟，原来自己遇到的一切灾难都是西得里的阴谋。

"西得里，你记住，你给我带来的灾祸，将来会落在你自己的头上。"扎里符说完，便跳上马，在士兵们的簇拥下回宫了。

国王正急切地等候自己的新宠臣回来。

玛拜听说商队回来了，兴高采烈地跑去迎接。但她没有看到自己心爱的人。

"扎里符在哪里呀？"玛拜向回来的人打听。

商队的人低下头去，默不作声。原来西得里吩咐过，不准他们吐露任何关于扎里符的消息。

"我们离开印度时，扎里符还活着，你等着他吧！"
扎里符有一个黑皮肤爱仆，他忍不住告诉了玛拜。

西得里做了新国王，他告诉玛拜，扎里符已经在印度得
胃病死了。

西得里为扎里符办了一场隆重的追悼会，然后命令卫兵

禁止任何人出入印度，怕别人知道扎里符还活着。

几天后，西得里打发人到玛拜的住处去求婚，玛拜拒绝了他。

"你这个蠢女人，为什么不愿当我的妃子呢?"西得里气极败坏。

"倘若二十五年内扎里符不回来，我就做你的妃子。"玛拜回答说。

这下可把西得里气疯了。他把玛拜赶出宫，把良尔送到烤肉铺当伙计，把巴拜依送给了大臣沙温。

苦命的玛拜坚持对爱人的忠贞，在山里搭起一座小茅棚，孤单度日。

一天，满怀愁绪的玛拜在山里漫步，回忆当年同扎里符在这里游玩的情景。突然，迎面来了一只羚羊。

"羚羊，这里的人会毫不留情地把你杀害，你赶快离开这里吧，我不能和你一道逃脱苦难，我是多么的悲伤。"玛拜亲切地对羚羊说。

听完她的话，羚羊跑进山里去了。

几年过去了，这一带的人都知道美丽的玛拜在受难，但是一点儿忙也帮不上，因为大家都害怕残暴的西得里。

"你快给扎里符写封信，我会到印度去，找不到扎里符，我这颗心是放不下的。"老者来到小茅棚对玛拜说。

说完，老者急忙离开了。

玛拜高兴极了，赶紧给扎里符写信。她把西得里如何凶恶残忍地把她撵出宫，又如何把良尔送到一家烤肉铺去当伙计，每天赶着苍蝇，烧火做饭，怎样把巴拜依嫁给沙温做妾的恶行一一写在信中。

夜里，玛拜偷偷地溜进宫里，把信交给了老者。

在一个雨夜，天空电闪雷鸣，老者骗过士兵的防卫，溜出了宫。

老者历尽千辛万苦，一路上疾病缠身，最后来到了大河桥旁。

"好心人，知不知道一个叫扎里符的阿富汗人？"老者问守桥人。

"你打听扎里符，有什么事情吗？你是听到他在我国的威名了吧？叫花子，快走开。"守桥人大吼着。

老者想尽办法终于混进了城，猛然看见身穿华丽将服、骑着骏马、被一群侍卫簇拥着的扎里符。

"扎里符！玛拜和你的弟弟、妹妹正在恶人的手里受苦呢！"老者用力嘶吼着。

扎里符在人群中看见老者时，高兴极了。

"快把老人请到府里去！"扎里符吩咐侍卫。

扎里符拥抱了老者，吩咐人给他换上华美的衣服，让他坐在自己身旁。

扎里符看了老者带来的信，知道自己的亲人正在受难，抑制不住自己的情绪，痛哭起来……

天一亮，扎里符就急忙去见国王。

"尊敬的国王，让我回国吧！我的亲人正在受苦。"扎里符哀求道。

国王不愿意放走他，考虑了一阵子，就想了一个主意。他派兵把大桥拆掉了，如果扎里符能过河，那就是命该如此，否则，他会回来的。

"好吧，你走吧！"国王对扎里符说。

扎里符骑马奔向大河。他来到河前一看，桥已经被拆毁了，若是涉水过河，鳄鱼立刻就会将他撕成碎块。

扎里符悲切地回到宫里。

"国王，你为什么这样做呢?"他那充满无限悲痛的心打动了国王。

"我有两个女儿，你选一个做妻子吧！"国王不由分说，就让人把他带到他的女儿那里去了。

国王的两个女儿真是美得无法形容。两位公主争着要嫁给扎里符。

"在我的王国里，有一个美丽的姑娘，名叫玛拜，可能她没有你们美丽，可是我早就把心交给她了。"扎里符诚恳地对国王的女儿说。

两个公主被扎里符的真诚打动了，决定和扎里符一起去请求国王放他回家。

"好吧，我放你走。但在你走之前，必须把一个抗命的大臣的头给我取来。"国王把这个大臣的领地和到那里去的路线都告诉了扎里符。

"好，我执行命令！但我需要三十把刀，三十匹骆驼，三十名英勇的武士，三十旦小麦和六十个木箱。"扎里符想了想。

国王觉得奇怪，但是也没问缘由，就下令发给扎里符所需要的一切。

扎里符把小麦倒在三十个木箱里，把三十名武士放在其余的三十个木箱里，然后把所有的木箱都捆在骆驼的背上，扮成商队的样子就上路了。

白天，这些木箱都锁得紧紧的。夜里，扎里符才打开木箱，把武士放出来。而天一亮，商队就继续悄无声息地前进了。

这支秘密的商队在路上走了好久，终于来到了大臣统治的城下。扎里符用十块金元买通了守城的士兵，混进了城里。

扎里符把商队带到商栈，卸下装小麦的木箱，搬进租到的库房里，然后又把库房的门锁好。

扎里符在城里溜达了三天，摸清了大臣府里士兵换岗的时间，看清楚了出口和入口。

第四天夜晚，扎里符悄悄打开库房，放出武士，朝府门走去。一路上，他们遇到岗哨就砍，然后把自己的武士留在岗位上。

扎里符找到大臣的寝室，走进屋里，把熟睡中的大臣和他的妻子绑好装进箱子里。

扎里符逼迫大臣说出了出城密道，和武士们抬着这些箱子一点儿麻烦也没遇到就出了城。

"国王，我执行了你的命令！"回到宫里，扎里符站在国王面前复命。

"大臣在哪儿呢？"国王半信半疑地问道。

扎里符叫武士把箱子抬进来。

看见箱子里战战兢兢的大臣和他的妻子，国王高兴极了。他赏给扎里符许多黄金和忠实的仆人，并且同意他回国。

得到国王的许可，扎里符骑上马，立刻飞奔回国。

扎里符先来到烤肉铺。

"你干什么呢，没看见贵客吗？"老板说着，一巴掌打在小良尔的脸上。

小良尔把烤肉给扎里符端上来，自己擦着眼泪躲到一边去了。

扎里符激动得吃不下去，一句话也没说就走出烤肉铺，跳上马走了。

这时候，老板猛然认出了扎里符，一把抓住小良尔去见西得里。

扎里符走过沙温的门口，看见了愁眉不展的巴拜依。因为沙温的妻妾们欺辱她，她正在伤心地哭呢！

此时的巴拜依已经不认识哥哥了。

"妹妹，难道你不认识哥哥了吗？"扎里符走过去对巴拜依说道。

看着眼前的哥哥，巴拜依高兴地流下幸福的泪水。

巴拜依把自己的经历都告诉了扎里符。

"这样说来，你已经是沙温的妻子了吗？"扎里符气呼呼地问她。

"我不是他的妻子，沙温没有强迫我，待我像妹妹一样。"巴拜依解释说。

扎里符很高兴，把妹妹扶上马背，递给沙温的妻妾们一些金币，兄妹二人骑着一匹马去找玛拜了。

"你们把巴拜依弄到哪儿去了？"沙温回家看不见巴拜依，就气势汹汹地问他的妻妾们。

"一个异乡人把她买走了。"一个小妾颤颤巍巍地说道。

沙温跨上马去追巴拜依。

"巴拜依还给我，臭钱还给你！"沙温追上他们，把马横在路上，顺手把扎里符给他妻妾们的金币扔在扎里符面前。

"沙温，你不认识我了吗？"扎里符笑着问道。

沙温又惊又喜，几乎一头栽下马来，扎里符也亲切地问候他。

他们三人一同进了树林，去找玛拜的草棚。

一对爱人久别重逢，激动地拥抱在一起。

"我们的幸福生活是老者给的，他是我们的再生父母，他在哪儿?"玛拜激动地对扎里符说。

"我让他在印度养病，病好后，那里的国王就会把他送回来。我们会永远在一起的。"扎里符十分高兴地说。

西得里得知扎里符回来了，吓得脸色惨白，忙吩咐仆人给良尔换上最华美的衣服，并出城去迎接扎里符。

西得里想通过这张王牌赢得扎里符的宽恕。

扎里符哪里肯给恶贯满盈的西得里机会！他走到西得里身边，朝着这个家伙的脸上吐了一口唾沫，随后挥刀砍掉了他的头。

得知扎里符重返王国，城里的百姓们沸腾了，夹道欢迎他。后来，扎里符一家过上了幸福快乐的日子。

胡什基雅尔和沙吉琳

很久以前，有一位国王，国家在他的治理下繁荣昌盛。他有两个妻子，一个生了七个儿子，另一个只生了一个儿子，叫胡什基雅尔。

胡什基雅尔最小，却最受国王的喜爱。他英俊帅气，善良聪明，博览群书。每次国王看到他，总是满脸温情。虽然胡什基雅尔最小，但无论勇气还是智慧，都不比七个哥哥差，所以哥哥们都很嫉妒他。

时间飞逝，他在国王的宠爱下逐渐长大。国王越来越老，没过多久就离开了人世。临死前，他把王位传给了胡什基雅尔。

从此，七个哥哥开始憎恨胡什基雅尔，时时刻刻都想寻找机会害死他。胡什基雅尔成了哥哥们的眼中钉，肉中刺。

单纯善良的他根本没想到哥哥们会讨厌自己，所以一直把他们当成最亲近的人，也特别尊敬他们。

但哥哥们可不这么想。一天晚上，他们凑到一起。

"胡什基雅尔排行最小，父亲活着的时候就对他格外宠爱，死了又把王位传给了他，真是太偏心了。咱们必须想办法阻止他，只有这样，我们才能当上国王。"哥哥们愤愤不平。

他们商量很久，最后想到了一个好办法。

第二天，七个哥哥来到胡什基雅尔面前。

"弟弟，你最近一直为国事操劳，需要好好放松一下，我们陪你去打猎，好吗？"他们假惺惺地问。

"太好了，我听哥哥们的安排！"胡什基雅尔平时特别喜欢打猎，所以什么都没想就一口答应了。

哥哥们故意等到天黑才出宫。他们不慌不忙地往大山深处走去。天越来越黑了，只有星星眨着眼睛看着居心叵测的哥哥们。

他们来到一片小树林里搭起了帐篷。帐篷搭好后，哥哥们却没有留下来休息，继续往高山上走。善良的胡什基雅尔没起一点儿疑心，望着满天星星，一路跟着哥哥们，唱起欢快的歌儿。

没走多远，哥哥们突然对胡什基雅尔拳打脚踢。

起初胡什基雅尔还很奇怪，以为是哥哥们在开玩笑，但越来越觉得不对劲儿。

"你们是我的亲哥哥，为什么要打我啊？"他很气愤。

哥哥们一句话也没说，继续打他。胡什基雅尔很心寒，没想到亲哥哥们竟然想要害死自己！

愤怒的他猛烈还击。哥哥们抱头鼠窜。凭胡什基雅尔的能力打死这几个狠心的哥哥是不费任何力气的，但他念在兄弟之情，并没有继续追打他们。他悲伤地转身上马，一个人回到王宫。

胡什基雅尔把事情的经过告诉了妈妈。

"妈妈，我想离开这里。如果我留下来，迟早被害死！"
他说。

听到儿子的话，妈妈很难过。她舍不得儿子，但为了儿
子的安全，只能忍痛让他远走高飞。胡什基雅尔心里非常
难过，上前紧紧地拥抱妈妈。

"再见，孩子！不要难过，无论你走到天涯海角，无论
白天黑夜，遇到困难不要退缩，勇敢向前，妈妈会为你祈
祷。不要忘了，我永远等着你！"说完，妈妈留下了眼泪。

"妈妈，我一定会记住您的话！"胡什基雅尔语气坚定。

和妈妈告别后，他带着爸爸的刀，骑上快马飞奔而去，
身后只留下一团尘雾慢慢消散。

"我能去哪呢？如果身边有个伴儿就不会这样寂寞了，
现在只有这匹马陪伴着我。"胡什基雅尔一边走一边想，心
里不免有些伤感。

每当他感到伤心劳累时，耳边都会响起妈妈的话：要勇敢向前！胡什基雅尔就这样一直走着，直到太阳落山。

他决定去探望在姆塔谢里生活的英雄——阿达姆汗。想到做到，胡什基雅尔调转马头，朝姆塔谢里的方向走去。

白天，他头顶太阳，夜晚，月亮、星星陪伴着他，走饿了吃口干粮，走渴了喝口泉水。

无论刮风下雨，艰难险阻，胡什基雅尔从来没有停止过前进的脚步。这天，他来到一片一望无际的苜蓿地。苜蓿草是马最喜爱的食物，胡什基雅尔就停下来喂马。

经过几天的奔波，马又累又饿，低垂着头，喘着粗气。

"我的马，你辛苦了，等吃饱咱们再上路。"胡什基雅尔跳下马，拍拍马头。

马见到这么好吃的草，一下就高兴了，从鼻子里发出欢快的声音，低下头大口吃起来。

胡什基雅尔坐在草地上休息。他看着马贪婪地吃着，心里很欣慰，只是心想不知道什么时候才能见到阿达姆汗。

这时，胡什基雅尔突然看到一个人从山对面跑来，边跑边摇手，嘴里还大声喊着什么。

"嘿，你这个外乡人！你知道这是谁的草地吗，知道阿达姆汗是谁吗？他可是我们的大英雄。你未经允许就把马放到他的地里吃草，想找死吗！"那个人气势汹汹地跑到胡什基雅尔面前。

胡什基雅尔虽然被那个人奚落一番，但是一点儿也不生气，之前的疲惫一扫而光，因为终于来到了姆塔谢里，终于

要见到阿达姆汗了!

"亲爱的朋友,请你原谅我。我的马跑了很远的路,又累又饿,我不能看它饿死啊,请您通融一下吧!如果阿达姆汗在这儿,我猜他一定会同意的!"他用商量的口吻对那个人说。

"赶快把你的马牵走,否则我对你不客气!" 原来,大吼的这个人是阿达姆汗的管家比洛,根本不听胡什基雅尔的解释,张口就骂。

胡什基雅尔一直没回话,看到他骂够了,微笑着从草地上站起来,走到比洛身边,一把抓住他的脖子,把他的头使劲儿往下按。

"饶命,我再也不敢了!"比洛像泄了气的皮球,一下子就瘫软了。

比洛从地上爬起来,没敢抬头看胡什基雅尔,弯着腰刚要逃跑,又被石头绊倒,狠狠地摔在地上。

但他已经管不了那么多了,爬起来后又狼狈地跑了。胡什基雅尔看到他仓皇逃跑的背影，哈哈大笑。

比洛心想：你等着吧，我非得向阿达姆汗告你一状，到时候再和你算账也不晚。

他跑回宫里，气喘吁吁地来到阿达姆汗面前，全身就像刚掉在冰水里一样不停地发抖。

"尊敬的陛下，有一个外乡人在我们的苜蓿地里放马，非常野蛮无理。我说了他几句，他就大骂您。陛下，您可不能放过这小子，他损坏了您的名声，也让我们这些做下人的抬不起头来！"比洛假装为难地说。

"真是岂有此理！他的马可能是走了很远的路，又累又饿，才到我的地里吃草，这我能理解。但我和他又不认识，他为什么要骂我呢？"听了比洛的话，阿达姆汗很气愤，也很奇怪。

"我一定要去看看这是个什么样的人，竟敢这样野蛮无理。"说完，阿达姆汗拿起刀，骑上马，直奔草地。

他来到苜蓿地，抬眼望去，看到野花中间坐着一个英俊威武的年轻人，正微笑地望着远方。胡什基雅尔看到阿达姆汗，急忙从地上站起来。

"我尊敬的朋友，你好！"他向阿达姆汗鞠了一躬。

阿达姆汗看到年轻人这么有礼貌，气顿时就消了。

"我听说你的马吃了我的苜蓿草，你还说了我好多坏话，还骂我，这是真的吗？"他来到胡什基雅尔面前。

"我们互相不认识，我的马又吃了你家的草，我感谢你还来不及呢，为什么要骂你？"胡什基雅尔回答。

阿达姆汗满意地笑了。

"行路人，不要生气，到我的宫里来吧，我们一定会成为好兄弟！"他紧紧地握着胡什基雅尔的手。

两个人非常高兴地回到宫里。阿达姆汗吩咐仆人，给胡什基雅尔换上最华丽的衣服，吃最丰盛的饭菜。吃完饭，他还给胡什基雅尔安排了最好的卧室。

胡什基雅尔舒舒服服地睡了一觉。

"朋友，现在你可以告诉我你是什么人、从哪里来、要到哪里去了吧?"胡什基雅尔醒后,阿达姆汗问。

"我叫胡什基雅尔,来自坎大哈。我出来是为了寻找赫赫有名的大英雄阿达姆汗。他是我心中的偶像!"胡什基雅尔说。

"我就是你要找的人啊,我亲爱的朋友!我非常喜欢你。我已经有四十位朋友了,都是英勇无比的武士。你留在我身边吧!"阿达姆汗听后哈哈大笑。

看到自己朝思暮想的大英雄就站在眼前,胡什基雅尔激动地竟不知道该说些什么。

从此,他就住在了阿达姆汗的宫里。没过多久,胡什基雅尔的名声就在姆塔谢里传播开了,而且越传越响亮。都知道他是了不起的英雄,所以人们崇敬他、赞美他!

阿达姆汗对胡什基雅尔也特别好,两个人互相关心,互相帮助,形影不离,无话不说,就像亲兄弟一样相亲相爱。有一天,阿达姆汗看到胡什基雅尔愁眉不展,心里很难受。

"我亲爱的兄弟，你最近为什么不愉快啊？有什么难处说出来，我会尽一切所能帮助你。"他忙问。

胡什基雅尔很感动，就把心里的话说出来了。原来，他前几天做了一个梦，梦里看见了温柔美丽的沙吉琳。

胡什基雅尔听许多人说过，沙吉琳是一个大汗的女儿，美若天仙。每个见到沙吉琳的人，没有不夸她的。

很早以前，胡什基雅尔的父亲还活着的时候，沙吉琳的爸爸就向他提过亲，要把自己的女儿沙吉琳许配给胡什基雅尔。

尽管这件事过去了很久，甚至再没人提起过，但是胡什基雅尔还是记得清清楚楚。

这次，沙吉琳在梦里对他说："亲爱的胡什基雅尔，我住在一座大山旁边的宫殿里……"

但当沙吉琳还要说什么的时候，胡什基雅尔突然惊醒了。他睁开眼睛，周围一个人都没有，知道自己是做了一个梦。可是，从那天起，胡什基雅尔的心再也没有平静过。阿达姆汗知道了弟弟的心事后，心里非常难过。他看到胡什基雅尔眼睛里充满了哀愁和苦闷，非常理解弟弟的苦衷：他孤零零一个人在外，身边没有亲人，真是可怜，我这做哥哥的一定要帮助他！

"亲爱的弟弟，你知道我有一个很漂亮的妹妹吧！"善良的阿达姆汗说。

"知道。"胡什基雅尔漫不经心地点了点头。

"我把她许配给你，你看好不好？"阿达姆汗问。

"我万能的阿达姆汗！你是我亲爱的哥哥，你的妹妹就是我的妹妹，我怎么能和自己的妹妹结婚呢！"胡什基雅尔连忙说道。

说完，胡什基雅尔又沉默不语了。

"亲爱的哥哥，自从我梦见沙吉琳以后，心情就不能平静了，每时每刻都想念她。"他抬起头，愁眉苦脸地对阿达姆汗说。

"既然你这么想念她，我就派人把她找来！"阿达姆汗很心疼这个弟弟。

"不，我亲爱的哥哥，你千万别这样做，我不想为难她。我打算一个人去见她，如果她也很爱我，就把她带回来。我只希望哥哥能把那匹魔马——玛加伦借给我。"胡什基雅尔恳求道。

阿达姆汗担心他一个人去危险，但也没有办法，因为不想弟弟整天闷闷不乐！

"我的好弟弟，我可以把马借给你，但是你一定要小心。沙吉琳是大汗的女儿，我担心你寡不敌众！"他再三叮嘱胡什基雅尔。

胡什基雅尔准备好行李，骑上马飞奔而去。

他走了很久，终于看到远处大山旁边有几座宫殿式的阁楼。远看阁楼非常壮观，胡什基雅尔想一定就是这里了。走着走着，他来到一所小房子前，把马拴好，然后走进屋去。胡什基雅尔看到一个老太婆在做饭。

"您好，老婆婆！"他礼貌地鞠了一躬，然后把一小袋金子送给了她。

"年轻人，你长得可真帅气啊！你的眼睛是那样明亮，就像天上的星星；你的身材是那样魁梧，一看就是个勇士。你说吧，有什么需要我帮助的，只要我能做到，就一定会帮助你！"老太婆很开心。

"老婆婆，请您告诉我，怎么才能见到美丽的沙吉琳呢？"胡什基雅尔赶紧问。

"年轻人，这很容易。我每天早晨都上山采花，然后去沙吉琳经常去的那座花园，把花送给她。她非常喜欢鲜艳的花。但是，我告诉你，她已经被许配给卡拉姆汗了，并且马上就要举行婚礼了。"老太婆仔细地看看胡什基雅尔。

胡什基雅尔听老太婆这么说，一下子就难过起来，不知道怎么办才好。

"沙吉琳爱卡拉姆汗吗?"他突然问道。

"年轻人，这我可不知道，这种事情只有他们自己才知道。"老太婆回答。

"老婆婆，您这个消息对我来说，比死亡还可怕。您能不能帮帮我啊?"胡什基雅尔很悲伤。

说完，他又掏出几个金币递给了老太婆。

"你想让我做什么?"老太婆接过金币。

"我要亲手采些花给沙吉琳，请您带给她，好吗?"胡什基雅尔抱着最后一丝希望。

"好的!"老太婆同意了。

胡什基雅尔来到山上，采下最美的花，编制了非常漂亮的花环。

"亲爱的沙吉琳，还记得我们很小的时候，你的爸爸把你许配给胡什基雅尔做妻子这件事吗？我就是胡什基雅尔。我们离得很远，不能天天相见，但是我一直都很想念你。听说你就要结婚了，我很难过。"他背着老太婆偷偷地写了一张纸条。

第二天，老太婆带着花环来到花园。沙吉琳坐在喷水池旁边，愁眉不展地看着涓涓流水。

"好美的花呀！"看到老太婆捧着花环递给自己，沙吉琳高兴地跳起来。

她把花环捧在怀里，低下头去闻醉人的花香。

这时，沙吉琳看到了那张纸条，非常惊讶，急忙跑向小树林里，从头到尾看了一遍。

看完后，她羞涩的心怦怦直跳，娇嫩的脸像个红红的苹果。沙吉琳想：这才是我爱的人。

"这是谁给我做的花环？"她急忙回到老太婆面前。

"是一个很英俊的外乡小伙子做的。"老太婆四下望望，看到周围没有人，悄悄地说。

"你快去把这人给我带来。"沙吉琳对着老太婆的耳朵轻声说。

"美丽的沙吉琳姑娘，万万使不得！要是让你爸爸知道，我就死定了！"老太婆吓坏了。

"去！你必须把他给我领来，别的我什么都不想听！"沙吉琳命令道。

老太婆哭哭啼啼地回到家，把沙吉琳要见他的话对胡什基雅尔说了一遍。

"年轻人，听我一句劝，快回去吧，千万不要去见沙吉琳，这是非常危险的。一旦被沙吉琳的爸爸知道了，我们都会死！"老太婆恳求道。

"老婆婆，您不要怕，我会保护您的，请您相信我。谁也不会知道的，放心吧！"胡什基雅尔安慰着老太婆。

第二天早上，太阳刚刚升起，胡什基雅尔扮成乞丐来宫里乞讨。

他在向人乞讨的同时，眼睛还不时地四处望着，眼神里充满了喜悦。

这时，沙吉琳从自己的卧室里走出来，像一朵出水的芙蓉，在初升太阳的光辉映照下，显得靓丽无比。她看了一眼乞丐，丢给他一枚金币，打算转身离去。

"等等，亲爱的沙吉琳，我不是乞丐，我是胡什基雅尔啊！"胡什基雅尔看周围没人，悄悄走到沙吉琳身旁。

"到后花园去等我，那里很安全。"沙吉琳一听，心怦怦直跳。

胡什基雅尔偷偷地来到后花园，等待心上人。他看到喷泉池里的鱼儿轻松地游来游去，感觉是那样的可爱；看到四周的花儿都在点头微笑，就像自己的心怒放着。

不一会儿，美丽的沙吉琳满面羞涩地来到他面前。

"胡什基雅尔，你有什么打算？"她小声问。

"我亲爱的沙吉琳，我想娶你做我的妻子！"胡什基雅尔毫不掩饰。

沙吉琳脸红得像朵玫瑰花。

"我明天就要结婚了，怎么做你的妻子呢？"她低下了头。

"我只问你一句话，你爱不爱我？"胡什基雅尔带着笑容。

"爱！"沙吉琳的头垂得更低了。

"有你这句话就行了，这是我最大的动力，再大的困难我都不怕！明天，我去参加婚礼，把你从卡拉姆汗手里夺过来。"胡什基雅尔听到这句话，心里乐开了花。

"亲爱的，那可不行！这里有很多人，你孤身一人怎么能逃出去呢？他们会把你打死的！"沙吉琳很焦急。

"只要有你的爱，我一定会成为胜利者！"胡什基雅尔激动地说。

"我决定把生命交给你，要永远和你在一起！"沙吉琳悄悄地说。

胡什基雅尔听了沙吉琳的表白，更爱她了。爱情的火焰让他快乐的心要从胸膛里跳出来了。

"我们现在就走吧！"胡什基雅尔浑身充满了力量，恨不得马上就带沙吉琳走。

"不行，他们把我看管得很严，我是走不出宫殿的。"沙吉琳急忙说。

"这样吧，明天早上你到我祖父母的墓地来等我，我婚礼之前请求爸爸让我看看祖父母，然后我们从那里远走高飞。你看这个办法行吗？"沙吉琳想了想。

"就这么办！"胡什基雅尔非常赞同。

他一夜都没睡，长这么大，从来没有像今天这样如此盼望天亮。

星星笑眯眯地看着他，就像和他开玩笑似的，就是不肯退去，仿佛在说："你别着急，去早了也没用，沙吉琳是不会去这么早的。"

盼着盼着，天终于见亮了。胡什基雅尔便开始洗漱，穿上最华丽的衣服，打扮得像新郎一样，走出房间和老太婆告别。

胡什基雅尔一路疾奔来到墓地。太阳出来了，沙吉琳没来。胡什基雅尔在那儿等了好久，也没有看到沙吉琳的影子。他有点儿等不及了，准备去宫里看看。这时，沙吉琳已经在宫里开始打扮了。

她穿上新娘的衣服，胸前佩戴着闪闪发光的翡翠，脖子上带着洁白的珍珠项链，手腕上带着手镯，手上的戒指金光闪闪。

本来就很美丽的沙吉琳，打扮之后更加美丽动人了。卡拉姆汗的亲朋好友都纷纷前来祝贺。宫里上下喜气洋洋，大家都在期待婚礼仪式的开始。

可沙吉琳对周围的热闹一点儿也不在意。

"亲爱的爸爸，我今天就要结婚了，以后就是武士夫人了，再也不是一个在您面前撒娇的孩子了，所以在结婚前，想到祖父母的墓前辞行，请求老人家保佑我一生平安。请您允许我吧！"说完，她流下了伤心的眼泪。

"好女儿，去吧！"爸爸看到女儿这么孝顺，非常感动，一下把沙吉琳紧紧地抱在怀里。

沙吉琳心里暗暗高兴。当她正要准备出宫的时候，伴娘们都争先恐后地要陪她。

"我自己去就可以了，你们在宫里等我回来。"沙吉琳再三劝说。

可是无论她怎么说，这些姑娘根本不听，笑嘻嘻地拽着沙吉琳的手就要跟她去。

"女儿，带她们一起去吧，在路上你也不会寂寞。"爸爸在一旁说。

沙吉琳没办法，只好答应。她们一起走出宫门，不慌不忙地往墓地走去。

沙吉琳一路上都在想办法甩掉这些伴娘。她们来到一片松树林，忽然，她想到了一个办法。

"我们来玩儿个游戏，好吗？我把这串珍珠项链挂在松树上，谁最先摘到它，我就把它送给谁。"沙吉琳回头对伴娘们说。

"好啊，好啊！"大家都非常开心。

沙吉琳让伴娘们在原地等着，自己则走到一棵松树下，把项链从脖子上摘下来，挂在树上，然后让她们跑来摘。

大家争先恐后地跑到松树面前抢珍珠项链。由于用力过猛，项链断开了，珍珠散落一地，大家嬉笑着蹲在地上捡珍珠粒。

这时，沙吉琳像只小羚羊一样，撒开腿欢快地往墓地跑

去。风抚摸着她的脸，她的眼睛里闪着幸福的光芒。

突然，沙吉琳看到不远处胡什基雅尔愁眉苦脸地走过来，身后还跟着玛加伦。

"喂，胡什基雅尔，我们快跑吧!"沙吉琳焦急地大声喊起来。

胡什基雅尔看见沙吉琳，兴奋地一下就抱起她，把她放在马背上。

然后，他也立刻跨上骏马，猛抽玛加伦一鞭子。玛加伦驮着一对情人，像箭一般地顺着盘旋的山路奔驰而去。

等那些姑娘们把珍珠粒都捡起来后，发现沙吉琳不见了。她们抬头远望，隐隐约约看见一匹马驮着两个人飞驰。姑娘们一看吓坏了，赶快回宫里禀报。

"不好了，卡拉姆汗，有人把你的新娘子抢走了，快去追吧!"她们跪在沙吉琳爸爸和卡拉姆汗面前。

"侍卫们，快去追，追不上他们，你们就不要回来!"沙吉琳的爸爸一听，气得大声怒吼。

"尊敬的陛下，不用派别人去，我一个人就能把我的未婚妻带回来。"卡拉姆汗自信地耸了耸宽大的肩膀。

"还是让我去吧，我一定不会让你们失望。"卡拉姆汗的侄子请求。

卡拉姆汗想了想，点头同意了。他的侄子跳上马，向宫外奔去。他追了不一会儿，就看到远处一个高大英俊的美男子正和沙吉琳手拉着手，肩并着肩，有说有笑。一匹马跟在他们身后，边走边悠闲地吃着青草。

卡拉姆汗的侄子打马奔驰，很快就撵上了胡什基雅尔和沙吉琳。

"站住，赶快把沙吉琳还给我！"他勒住马，把马一横。

沙吉琳紧紧地依偎在胡什基雅尔的胸前。

"我劝你还是不要自讨苦吃，沙吉琳是我的妻子，谁也别想把她从我的身边夺走。"胡什基雅尔笑着说。

说完，他拔刀出鞘，在空中一挥。卡拉姆汗的侄儿吓坏了，飞也似的往回跑，并把事情的经过告诉了卡拉姆汗。

"懦夫，丢人！"卡拉姆汗听后非常气愤，亲自跳上马出去追。

他快马加鞭，终于追上了胡什基雅尔和沙吉琳。卡拉姆汗一看眼前这个小伙子，长得高高大大，威武帅气，一表人才，心里好生喜欢。

但是已经没别的办法了，他只好硬着头皮拔出刀，朝胡什基雅尔劈过来。

两位雄壮的武士搏斗着，天昏地暗，不分胜负。这时，卡拉姆汗把刀一转，朝玛加伦刺去。玛加伦应声倒地。

胡什基雅尔看玛加伦倒下了，悲愤交加，更加勇敢地劈杀起来。

这时，卡拉姆汗拉紧战马的缰绳。战马腿往上一扬，他一下在马镫上站起来，挥刀劈向胡什基雅尔，可是并没有成功。

胡什基雅尔机灵地躲开这一刀，翻过身来一刀劈向卡拉姆汗。这一刀把卡拉姆汗砍下马，再也起不来了。

胡什基雅尔的脸上挂着胜利者的喜悦。他和沙吉琳骑着马，朝好兄弟阿达姆汗的宫殿奔去。

此时，阿达姆汗正在宫前迎接凯旋的胡什基雅尔和沙吉琳。王宫上下欢腾起来，阿达姆汗给他们举行了隆重的结婚典礼。从此，胡什基雅尔和沙吉琳在阿达姆汗的宫里，生儿育女，过着幸福美满的日子。